Graça

BEVERLEY WATTS

AS IRMÃS SHACKLEFORD

Tradução
NATHÁLIA RONDÁN

COPYRIGHT © FARO EDITORIAL, 2025

Todos os direitos reservados.
Nenhuma parte deste livro pode ser reproduzida sob quaisquer meios existentes sem autorização por escrito do editor.

Diretor editorial **PEDRO ALMEIDA**
Coordenação editorial **CARLA SACRATO**
Assistente editorial **LETÍCIA CANEVER**
Tradução **NATHÁLIA RONDÁN**
Preparação **GABRIELA DE AVILA**
Revisão **ANA SANTOS** e **BÁRBARA PARENTE**
Capa e diagramação **OSMANE GARCIA FILHO**
Imagem de capa **FARO EDITORIAL**

Dados Internacionais de Catalogação na Publicação (CIP)
Jéssica de Oliveira Molinari CRB-8/9852

Watts, Beverley
    Graça / Beverley Watts ; tradução de Nathália Rondán. — São Paulo : Faro Editorial, 2025.
    192 p. (Coleção As irmãs Shackleford)

    ISBN 978-65-5957-735-4
    Título original: Grace (The Shackleford Sisters Book 1)

    1. Ficção inglesa – Comédia I. Título II. Rondán, Nathália III. Série

24-5642   CDD-823

Índice para catálogo sistemático:
1. Ficção inglesa

1ª edição brasileira: 2025
Direitos de edição em língua portuguesa, para o Brasil, adquiridos por **FARO EDITORIAL**

Avenida Andrômeda, 885 — Sala 310
Alphaville — Barueri — SP — Brasil
CEP: 06473-000
www.faroeditorial.com.br

*Aos meus queridos Isaac e Tobi-Rose,
sem os quais este livro teria sido terminado anos atrás!*

Prólogo

O reverendo Augusto Shackleford pousou as mãos na barriga avantajada e arrotou o guisado recém-consumido que lhe pesava no estômago. Era meio-dia na taverna Red Lion no vilarejo de Blackmore, em Devonshire, Inglaterra, e embora pudesse ter almoçado na paróquia, o reverendo preferia mil vezes a cerveja e a conversa que encontrava na taverna do que as discussões e brigas intermináveis que advinham da infeliz situação de ter nove mulheres em casa. Ainda que nunca tivessem lhe perguntado, o reverendo se alegrava com o fato de que seu cachorro Freddy concordava com ele. O cão de caça estava encolhido debaixo da mesa, feliz e saltitante correndo atrás de coelhos em seus sonhos.

O reverendo Shackleford não era um homem de imensa riqueza e fortuna e, em circunstâncias normais, ficaria bastante satisfeito com o fato de a moeda que tinha no bolso ser mais do que suficiente para pagar a refeição que acabara de consumir.

No entanto, estas não eram circunstâncias normais e a moeda que tinha no bolso — ou em qualquer outro lugar, diga-se de passagem — sem dúvida não seria dinheiro suficiente para criar o único filho da maneira digna de um cavalheiro.

Seu único filho depois de oito filhas. O reverendo suspirou. Só depois de três esposas é que uma foi capaz de produzir um herdeiro, mas o custo de sustentar as oito mulheres com que tinha sido abençoado antes do menino vinha colocando à prova até a sua criatividade — algo de que se orgulhava até agora.

Sentou-se, melancólico, olhando para a caneca de cerveja, ao lado do sofrido coadjutor e único amigo, Percy Noon.

— Já me conhece, Percy, tenho uma mente afiada, mas tenho de admitir que estou preocupado quanto ao que fazer para conseguir dinheiro.

— Talvez possa encontrar um trabalho para suas filhas, algo adequado na alta sociedade para senhoritas de boa índole — sugeriu Percy enquanto empurrava o prato de estanho para o lado.

O reverendo bufou:

— Acaso tem visto alguma das minhas filhas? — escarneceu, balançando a cabeça com tristeza. — Senhoritas de boa índole? Juntas não têm um único fio de cabelo comportado. Não fazem ideia de como obedecer a alguém ou de como se portar em qualquer lugar, quem dirá na alta sociedade.

— Se quiser assegurar uma modesta fortuna para Anthony, então não há outro recurso senão casá-las. Embora eu não consiga imaginar um homem que seja tolo o suficiente para envolver-se com qualquer uma delas. A não ser que esteja embriagado, é claro.

O reverendo ficou em silêncio durante algum tempo, claramente imaginando um cenário em que pudesse aproveitar-se de um homem abastado, enquanto a infeliz vítima era enganada. No final, suspirou:

— Percy, a situação é de fato calamitosa. Se eu não arranjar um plano em breve, não vai sobrar nem um tostão furado para Anthony. E não é só isso, podemos muito bem acabar na rua da amargura. — Olhou para Percy como se, de alguma forma, a culpa fosse do amigo. — Se isso acontecer, Percy, meu caro, lá se vai seu pudim de pão de todas as noites.

Percy conteve um calafrio. Não sabia se era pela perspectiva de acabar na rua da amargura ou por pensar no pudim de pão da sra. Tomlinson — que era duro feito pedra. Ele suspeitava que a cozinheira da paróquia gostava demais de gim caseiro para dar atenção aos dotes culinários.

— Então, o seu único recurso, senhor, é casá-las, e casá-las bem — disse ele decididamente, endireitando-se na cadeira. — De alguma forma.

O reverendo acariciou o queixo pensando nas filhas desobedientes. Cada filha era completamente diferente da outra. A única semelhança que todas partilhavam era a indisciplina. Quatro delas já estavam em idade de se casar, sendo que a mais velha, aos vinte e cinco anos, vivia com a cara enfiada nos livros. Que chances tinha ele de casar qualquer uma delas com um cavalheiro rico e cabeça de bagre para garantir uma fortuna ao seu único filho?

Ele tinha a certeza de que, com tempo, conseguiria tal feito, mas isso poria à prova sua lendária engenhosidade. Especialmente se fosse fazer isso sem gastar nada.

— Certo, vamos precisar de uma lista de cavalheiros ricos e titulados, toupeiras o suficiente para serem enganados, Percy — decidiu, pedindo outra caneca de cerveja. — Depois dizemos que tenho, hum... filhas boas e obedientes que precisam de maridos.

— Como quiser, senhor — disse Percy, duvidoso, enquanto a criada trazia outra cerveja para os dois. O reverendo pegou a caneca e deu um grande gole. — Mas antes de o fazermos, começaremos escrevendo todas as qualidades das moçoilas, para podermos enfatizar os pontos positivos a qualquer marido em potencial. Quero dizer, ambos sabemos que nenhuma delas é exatamente uma solteira cobiçada, mas podemos fazer alguns ajustes sem que ninguém perceba. Pelo menos até terem um anel no dedo.

— Vamos começar com Graça, já que é a que tem mais probabilidades de acabar solteirona se não lhe arranjarmos um bom partido logo. Muito bem, Percy, você começa.

Silêncio.

— Vamos, homem, sem dúvida consegue encontrar algo de bom para dizer sobre ela.

— Ela tem tornozelos bem torneados — respondeu Percy um pouco desesperado.

— Calma aí, Percy. Espero que você nunca tenha tido a oportunidade de observar os tornozelos da minha filha mais velha. Caso contrário, posso lhe dar uma bronca.

Percy ficou vermelho e sem jeito:

— Não, senhor, de modo algum, apenas reparei por acaso quando ela estava subindo na carrua...

— Humpf, bem, não sei se podemos colocar isso como o primeiro item da lista, mas, no caso de Graça, talvez não tenhamos escolha. Quer dizer, não faço ideia do porquê a mãe dela escolheu chamá-la de Graça, já que ela não tem quaisquer atributos que se assemelham a uma graça divina. Ela é a pessoa menos graciosa que já vi na vida. Se houver alguma coisa em que tropeçar, Graça há de encontrá-la. Dizer que ela é desastrada chega a ser um eufemismo — acrescentou, melancólico.

— Bem, ela tem olhos muito bonitos — disse Percy, achando melhor manter quaisquer outras observações a respeito da filha do reverendo acima do pescoço. — E dentes saudáveis.

O reverendo acenou com a cabeça, rabiscando com fervor.

— Ela sabe cozinhar, senhor?

O reverendo parou de escrever e fez uma cara de dúvida.

— Não sei, Percy. Ao menos não cozinha tão bem quanto a senhora Tomlinson.

— Seria melhor não mencionar isso, então — interrompeu Percy depressa, sem querer evocar a visão do pudim de pão da sra. Tomlinson outra vez. — E, seja como for, é provável que o casamento com um cavalheiro não exija que ela se aventure na cozinha.

O reverendo acenou com a cabeça, pensativo.

— E a voz dela? Sabe cantar?

— Como uma taquara rachada.

— Dança?

— Creio que ela nunca tenha dançado com ninguém. É bom que não o tenha feito. Se dançou, vou arrancar-lhe as tripas e usá-las para segurar minhas meias.

— Conversa bem? — Percy estava beirando o desespero.

— De forma alguma. Creio que ela não me disse mais de meia dúzia de palavras desde que estava no berço. — O reverendo começava a ficar cada vez mais desanimado.

— Ela é uma boa figura materna para as irmãs?

O reverendo bufou:

— Creio que todas têm alguma cicatriz por ela tê-las deixado cair em algum momento.

— E o cérebro dela? — Percy agora estava procurando uma agulha no palheiro.

— Eis algo que a moçoila tem. Sempre que a vejo, está com o nariz enfiado em um livro. O problema é que esse é o único atributo que qualquer cavalheiro abastado não está à procura...

Capítulo 1

Nicholas Sinclair, o novo duque de Blackmore, olhou para a imponente casa à sua frente e suspirou, sabendo que não poderia permanecer na carruagem por muito mais tempo. Depois de um mês de viagem, queria apenas uma cama quente e um copo de conhaque. Infelizmente, era fim de tarde ainda, por isso a cama teria de esperar, mas sem dúvida o conhaque não.

Um lacaio abriu a porta e Nicholas obrigou-se a sair, demorando-se nos degraus para poder descer sem cair de cara no chão.

Foram necessários quase seis meses para que ele estivesse bem o suficiente para tentar uma viagem de regresso a casa. Por três desses meses, seu pai estivera morto.

— Vossa Graça, seja bem-vindo.

Nicholas endireitou o casaco antes de subir os degraus em direção à imponente porta da frente, onde o mordomo que já tinha certa idade aguardava de forma paciente:

— Huntley? Céus, homem, não pensei que ainda estivesse vivo.

O mordomo continuou sério enquanto fazia uma reverência perante Nicholas:

— Ainda me restam alguns anos de vida, Vossa Graça.

Nicholas permitiu que um pequeno sorriso se esboçasse em seu rosto antes de apagá-lo com a mesma rapidez. Nunca pensara estar de novo à frente desta casa e muito menos como duque de Blackmore.

Afastando-se dos degraus, deixou que Huntley abrisse a porta antes de entrar na casa. Os poucos criados estavam alinhados no longo corredor à espera de que ele se dirigisse a eles como seu novo senhor.

Sentindo o colarinho de repente apertado, Nicholas limpou a garganta:

— Continuem com vossos deveres. — Ele não precisava saber nomes nem cargos, queria apenas que ficassem longe dele.

— Vossa Graça, esta é a senhora Tenner — declarou Huntley, apontando para uma mulher gorda com um sorriso hesitante, enquanto se curvava perante ele. — Ela é a vossa governanta.

Nicholas reconheceu-a com um aceno de cabeça:

— Senhora Tenner. Não preciso de mais nada além das minhas refeições no meu escritório.

— Claro, Vossa Graça — declarou ela. Nicholas passou por ela e continuou a descer o corredor devagar, sentindo os olhares dos funcionários fulminando-o pelas costas. A casa era como ele se lembrava, com madeira escura e retratos dos Blackmores anteriores olhando com desdém quem quer que passasse pelos corredores.

Havia um leve indício de desuso, provavelmente porque a casa estava de luto desde a morte do pai. E como só restava um punhado de criados, é claro que a maior parte da casa tinha sido simplesmente fechada.

Nicholas esperou que a dor da morte do pai lhe provocasse algum tipo de emoção, mas nada o afligiu. Não havia amor entre o pai e o filho há anos, desde que Nicholas abandonara esta casa com a tenra idade de quinze anos e se alistara na Marinha Real. Não havia cartas, nem pedidos para que voltasse para casa, palavras de enaltecimento por tudo o que Nicholas realizara em seu tempo uniformizado. Mesmo quando foi nomeado capitão — um dos mais jovens da frota — e chamado a juntar-se ao almirante Lorde Nelson para o combate em Trafalgar, não houve notícias do pai.

Aos olhos do velho duque de Blackmore, Nicholas não existia.

O sentimento era mútuo.

Ao encontrar a porta do escritório, Nicholas abriu-a, o cheiro tênue do charuto preferido do pai pairando no ar. Não entrou nem olhou para o retrato que ainda estava pendurado por cima da enorme lareira. O escritório ainda parecia ser do pai.

Agoniado, Nicholas afastou-se da sala, incapaz de dar um passo à frente. As paredes pareciam se fechar de repente, e ele precisava sair da casa o quanto antes. O pai estava em cada canto, a discussão entre eles ainda pesava no ar, mesmo depois de vinte anos.

Ele precisava sair dali.

Com um ritmo frustrantemente lento, Nicholas cambaleou de volta para a porta da frente. Por sorte, os criados já tinham se dispersado e não viram a súbita e desesperada necessidade por um pouco de ar. Ao sair no terraço em frente a casa, inspirou fundo como um homem em seu leito de morte. Era assim que se sentia a maior parte do tempo. O peito parecia estar envolto em ferro. Devagar, a sensação de pânico começou a dissipar e ele conseguiu respirar um pouco melhor. O ar estava perfumado com flores de primavera, nada parecido com a maresia a que estava habituado.

Aqui em Blackmore as coisas seriam bem diferentes.

Tampouco sentiria o cheiro de fumaça da batalha ou ouviria os gritos dos seus homens morrendo depois de perderem membros devido a uma bala de canhão ou serem perfurados por uma espada. E um deles, ainda menino, que morrera em seus braços...

Trêmulo, ele fechou os olhos para afastar a cena que assombrava seus sonhos todas as noites, respirando fundo mais uma vez. Blackmore era quase outro mundo se comparado à sua antiga vida, e já estava na hora de deixar o passado para trás.

O problema era que, como Nicholas vinha descobrindo, falar era fácil, difícil era fazer.

Enxugando a testa de repente úmida com um lenço do bolso, Nicholas voltou a descer os degraus e seguiu o caminho de pedras planas pelos jardins e por entre as sebes, saindo no pomar atrás da casa. As árvores estavam em plena floração e Nicholas vagueou devagar por entre elas, recordando momentos da infância em que tinha feito exatamente isto, quer fosse para fugir dos estudos ou para escapar do pai.

E de Peter.

Pensar no irmão causou-lhe outro aperto no peito. Sua vida interrompida aos quinze anos, Peter jamais conheceria ou enfrentaria o tipo de vida que Nicholas experimentara. Em vez disso, o irmão gêmeo jazia numa sepultura, e Nicholas o colocara lá.

Nicholas afastou a mágoa, assentando o maxilar.

Peter estava morto.

O pai estava morto.

John estava morto.

Ele já não era um capitão da Marinha Real. Era agora, que Deus o ajudasse, o duque de Blackmore, com todos os deveres e responsabilidades inerentes a esse título. Quase conseguia ouvir a voz fria do pai dando-lhe lições a respeito da lealdade ao nome da família e a necessidade de produzir um herdeiro o mais rápido possível.

Infelizmente, isso implicaria arranjar uma esposa. Algo que ele não precisava nem queria.

Nicholas ficou olhando para o pomar, encostado em uma macieira enquanto recuperava o fôlego depois do exercício ao qual não estava acostumado. Abriu um sorriso triste. Naquele instante, nem sequer tinha a certeza de estar à altura de cumprir o dever necessário para gerar um herdeiro. No entanto, teria de encontrar uma esposa em breve e começar a desagradável tarefa de tomar conta dos bens do pai.

O navio que comandara, agora, não passava de uma recordação que o assombrava. Uma memória que, se Deus quisesse, se desvaneceria com o tempo. O ducado era tudo que importava agora.

Quando se virou para refazer os passos, uma forma imóvel debaixo de uma árvore ao longe chamou a sua atenção, e Nicholas franziu o cenho. Seria um animal ou uma pessoa?

Só havia uma maneira de descobrir.

Percorrendo o caminho com cuidado, Nicholas chegou à árvore em questão, completamente desnorteado com o que encontrou. Uma mulher dormia na base da árvore, as saias estendidas pela grama. Tinha um livro pousado no peito e um cacho rebelde do cabelo roçava-lhe a face, a brisa soprando-o de leve sobre a sua pele.

Quem quer que fosse a mulher, claramente não se preocupava com quem poderia encontrá-la debaixo da árvore. Nicholas agachou-se, as feridas de estilhaços no peito protestaram enquanto o fazia, e balançou de leve o ombro da mulher.

— Madame.

Ela fez um som, mas não acordou; ele agarrou-lhe o ombro com mais firmeza, balançando-o com mais força.

— Madame.

Ela acordou e levantou-se, o topo da cabeça colidindo com o queixo dele. Nicholas sentiu a dor pulsar na mandíbula quando se virou para trás, caindo de costas no chão ao lado dela de uma forma muito pouco cavalheiresca.

— O quê? — ouviu-a perguntar imperiosamente. — Quem diabos é você?

Esfregando o maxilar agora dolorido, Nicholas estreitou os olhos:

— Eu é que lhe pergunto, madame, quem diabos é e o que faz na minha propriedade?

Capítulo 2

Graça Shackleford encarava o homem no chão ao seu lado, sua cabeça ainda confusa dado o cochilo improvisado à sombra da árvore. O pomar era o seu lugar preferido em toda Blackmore, e como o velho duque nunca punha os pés para fora da grande casa, nunca lhe pareceu que alguém se importasse que ela ficasse embaixo de uma de suas árvores vez ou outra.

Este homem, no entanto, claramente não gostara nem um pouco de ela estar aqui.

Pegando seu livro, olhou para ele.

— Esta não é sua propriedade, pertence ao duque de Blackmore.

Ele ainda estava esfregando a mandíbula com a mão grande, e um punhado de pequenas cicatrizes na parte de trás dos nós dos dedos chamou a atenção dela a contragosto.

— Está é minha propriedade. Eu sou o duque de Blackmore.

Graça enfim processou aquelas palavras. O velho duque morrera durante o sono, há pouco mais de três meses, e cresciam os rumores de quando o seu herdeiro enfim regressaria e assumiria o título.

— O senhor?

Ele não sorriu.

— E a madame é…?

Graça teve dificuldade em formar as palavras. Este era Nicholas Sinclair. A última vez que o vira, ele era apenas um rapaz de quinze anos, bem antes de o irmão ter morrido e ele ter fugido para se juntar à Marinha. Todas as moças do vilarejo tinham se apaixonado pelos dois irmãos e pela sua boa aparência, incluindo Graça. Claro que ela tinha apenas cinco anos naquela época, mas nunca esquecera o sorriso arrogante dele.

Pelo visto passara por anos difíceis, a promessa da juventude tinha dado lugar a um homem de traços severos, com maçãs do rosto salientes e um maxilar bem delineado. Oh, ele ainda era lindo de morrer, com o cabelo preto como a meia-noite, e os olhos de um azul intenso, mas agora havia um punhado de grisalhos nas entradas rente à raiz do cabelo, os olhos eram os de alguém que tinha visto coisas demais. Não parecia haver amabilidade neles, e Graça perguntou-se, com um pequeno arrepio, se haveria sequer um pingo de bondade nele.

— Não dirá nada agora?

Engolindo em seco, Graça juntou as saias e levantou-se, olhando para ele ainda sentado no chão:

— Claro que falarei. Apenas fiquei chocada ao descobrir que enfim o senhor chegou. Todos o tinham dado como morto.

Ele não se levantou:

— Como pode ver, madame, estou bem vivo, e não respondeu à minha pergunta.

— Como não nos conhecemos, senhor, não tem o direito de saber quem eu sou — respondeu ela com altivez, erguendo o queixo. Se a voz vacilou um pouco, esperava que ele não tivesse percebido.

Ele levantou-se então, sua estatura imponente colocava-o quase uma cabeça mais alto do que ela:

— Madame, discordo categoricamente. Posso lhe assegurar que tenho todo o direito de saber quem é. É deste vilarejo, presumo?

Graça cerrou o maxilar com força, o coração batendo forte:

— Sou.

Os olhos dele endureceram ainda mais:

— Então é óbvio que me pertence.

As palavras dele, duras feito aço, lhe causaram outro arrepio pela espinha, e Graça se perguntou o que aconteceria se ela lhe desse um tapa por suas palavras insolentes.

Ela não pertencia a ninguém, muito menos a ele:

— Nunca serei propriedade de ninguém — respondeu com firmeza.

— E quanto ao seu marido, madame, quem quer que seja o infeliz indivíduo? — Parte dele sabia que era insensato trocar insultos com esta mulher estranha.

— Não tenho marido, senhor, e não tenho a intenção de ter um.

— Um acaso feliz. Duvido que algum homem queira uma mulher de língua afiada como a senhorita na sua cama — respondeu o duque, curto e grosso, olhando seu vestido feito em casa de cima a baixo.

Graça soltou um suspiro de indignação:

— E quanto ao senhor, seus modos são grotescos para um duque — afirmou ela, seu tom gélido, satisfeita por ver os olhos dele estreitarem-se um pouco. — Tenha um bom-dia, Vossa Graça.

Ela não esperou que ele respondesse, esbarrando nele e dirigindo-se com passos apressados para fora do pomar em direção ao vilarejo. O coração batia forte no peito, os dedos brancos de tanto apertar o livro com força. O duque de Blackmore estava em casa.

Em breve descobriria quem ela era, pois seu pai estava ali por vontade de Sua Graça. Como vigário do vilarejo e da propriedade, respondia diretamente ao próprio Nicholas Sinclair.

O coração apertou-se com a possibilidade de o duque fazer uma queixa de seu comportamento. Se ele o fizesse, ela provavelmente não sairia do quarto pelo resto do ano, e, pior ainda, sem livros para ler.

Graça chegou enfim à paróquia e abriu a porta, não pensava em outra coisa senão na necessidade de se libertar das possíveis repercussões das palavras tolas para o novo duque. Por que ela nunca conseguia manter a boca fechada?

Sem prestar atenção à interminável conversa de fundo das irmãs que ecoava por toda a casa, dirigiu-se o mais rápido e discretamente possível para o quarto que compartilhava com a irmã Temperança. Como a mais velha das oito moças da casa, Graça tornara-se perita em passar despercebida. Caso não fizesse, chamaria a atenção de qualquer uma ou de todas as irmãs ou teria de lidar com o último ataque de nervos da atual sra. Shackleford. Ela mal se lembrava da própria mãe, que morrera de tuberculose quando ela tinha oito anos de idade.

Embora o reverendo tivesse casado mais duas vezes depois da morte da mãe, Graça sempre foi a quem as irmãs recorriam quando se metiam em enrascadas. Nos tempos de juventude, era bem verdade que na maioria das vezes as dificuldades em que as irmãs se encontravam eram instigadas pela própria Graça. Embora não se enganasse quanto à própria falta de virtudes de dama, Graça ficava cada vez mais preocupada com o fato de ter passado, sem querer, o seu comportamento indisciplinado para as irmãs mais novas.

Aos vinte e cinco anos, não tinha intenções de procurar um marido e contentava-se em permanecer uma solteirona. No entanto, isso não significava que as irmãs precisavam ter o mesmo destino. Depois de várias tentativas infrutíferas de incutir algum tipo de disciplina, Graça deu-se conta aos poucos de que a única forma de desencorajar os modos rebeldes das irmãs era evitá-las sempre que possível. No entanto, tinha de admitir que essa estratégia não vinha funcionando muito bem. Com idades que iam dos dezoito aos dez anos, as três mais novas tinham passado a maior parte das vidas correndo atrás das quatro mais velhas, que, por sua vez, tinham seguido o exemplo de Graça. Simplesmente não sabiam como se comportar de outra maneira. E depois, claro, havia a complicação adicional do meio-irmão de cinco anos, que se juntava todo animado ao caos, desde o dia em que aprendera a andar, sempre que estava fora da vista da mãe. O que era frequente, dado o fato de a atual sra. Shackleford passar a maior parte do dia cochilando na sala de estar.

E agora que o duque mal tinha chegado e ele e Graça já tinham se estranhado, ela estava muito preocupada com o possível efeito que a sua falta de decoro poderia ter nas já escassas hipóteses de felicidade matrimonial das irmãs.

Graça encostou a cabeça cansada na porta do quarto. Sentia um nó estômago. Por Deus, o que é que ela ia fazer?

— Augusto, por favor, pode parar com esses gritos estridentes infernais? Creio que minha cabeça está prestes a se partir em duas... Ah, e, por favor, peça à Graça para trazer meus sais.

— Sim, querida. — A resposta do reverendo à queixa da esposa foi, na melhor das hipóteses, vaga. É bem provável que ele não tenha ouvido nada. No momento, estava ocupado redigindo uma carta para alguns possíveis candidatos à mão da filha mais velha em casamento. Infelizmente, não ia lá muito bem. Pode-se dizer que a lista de Percy era bastante escassa. Na verdade, havia apenas três solteiros vivendo no condado que poderiam ser considerados um bom partido, e era provável que nenhum deles ofereceria um dote suficiente para contribuir de forma significativa para o futuro de seu filho.

Por fim, o barulho chegou até mesmo aos seus ouvidos insensíveis, e isso, acompanhado do lamento da esposa, fez com que ele enfim franzisse a testa e largasse a caneta.

— Que diabos está acontecendo? Senta, Freddy — gritou ele, enquanto o cão começava a se movimentar ao seu redor com entusiasmo.

— Acredite, Augusto, a voz de vocês vai me levar para o túmulo mais cedo, pelo amor de Deus.

O reverendo se absteve de acrescentar um "Amém" à declaração da esposa e se dirigiu à porta.

— Graça! — Sua voz provocou um silêncio repentino e quatro cabeças olharam para ele do alto do corrimão.

— Ela roubou minha fita, pai.

— Era minha primeiro.

— Seja como for, você tem fitas demais.

— E você não tem cabelo para colocá-las.

— Retire o que disse, ou eu vou…

O reverendo suspirou e se preparou para entrar em ação, pois não era incomum que uma briga dessas acabasse em derramamento de sangue.

— Ornamentos desnecessários — gritou ele — não têm lugar em uma casa que pertence a Deus.

— Ainda bem que esta casa pertence ao senhor, então, pai.

Ele não conseguia identificar qual das meliantes havia proferido aquela blasfêmia, mas tudo tinha limite. Ele se preparou para dar-lhes uma bronca, mas, antes que pudesse abrir a boca, houve uma batida forte na porta à qual Freddy reagiu como se estivessem sob um ataque terrível e soltou um latido capaz de ser ouvido do outro mundo.

As quatro meninas não perderam tempo e aproveitaram a oportunidade para sumir e, depois de colocar Freddy às pressas no escritório, o reverendo foi forçado a respirar fundo mais de uma vez para se certificar de que estava se comportando da maneira piedosa e apropriada que lhe cabia como vigário. As batidas fortes continuaram até que ele enfim se recompôs o suficiente para abrir a porta.

Para sua surpresa, não parecia ser um de seus paroquianos que estava em sua escada, e sim um menino de cerca de doze anos. O traje estava gasto, mas limpo, assim como seu rosto. No entanto, o reverendo não viu nada disso e, achando que o menino estava envolvido em algo com o intuito de lhe passarem a perna, franziu a testa e deu um passo para trás, preparando-se para bater a porta na cara do delinquente.

Antes que ele pudesse fazer isso, porém, o menino falou:

— Você é o reverendo Shackleford? — O tom do menino beirava a insolência, e o reverendo começou a fechar a porta com desagrado. — Tenho uma carta do duque para ele.

O reverendo Shackleford fez uma pausa. Qual a probabilidade de o duque de Blackmore confiar qualquer tipo de mensagem a um rapaz como esse? De fato, era muito provável que fosse uma farsa. Mas e se não fosse? Ele não tinha tido notícias do duque desde a chegada de Sua Graça e essa convocação sem dúvida era esperada.

Resfolegando, o reverendo deu um passo cauteloso à frente:

— Dê aqui então — ele murmurou, estendendo a mão, com o cuidado de permanecer alerta para qualquer possível travessura. O menino apenas o encarou e segurou a carta atrás das costas, claramente esperando por algum tipo de recompensa. Respirando fundo e indignado, o reverendo quase começou a xingá-lo. Por fim, no entanto, ele se acalmou o suficiente para remexer nos bolsos, finalmente encontrando uma moeda de um quarto de um centavo, que deixou cair em uma mão subitamente ansiosa e estendida em troca da mensagem agora toda amassada. E que, de fato, tinha o selo do duque.

Louvando ao Senhor por não ter fechado a porta na cara do rapaz, o reverendo abriu a carta e leu seu conteúdo.

Era como havia imaginado. Fora convocado para ter com o duque em seu escritório às dez horas da manhã do dia seguinte. Ele não estava muito preocupado, apenas presumiu que o novo titular desejava restabelecer o contato entre eles e verificar se o vigário estava à altura da tarefa de garantir que a alma do novo duque partisse desta para a melhor na direção certa quando chegasse a hora.

Ordenando ao rapaz que esperasse, o reverendo escreveu rápido uma breve resposta detalhando sua feliz aquiescência, depois colocou o bilhete na mão do rapaz e o mandou ir embora logo se não quisesse receber mais do que um pedaço de papel.

Depois de enfim bater a porta, ouviu passos descendo as escadas. Ao olhar para cima, ficou surpreso ao ver Graça descendo em sua direção. Isso era de fato uma surpresa. Em geral, sua filha mais velha tinha de ser arrancada do quarto como um berbigão da casca, ainda mais quando o pai estava em casa. O reverendo ficou de pé e esperou; sua mente já estava voltada para a possibilidade de usar essa rara oportunidade para lembrar Graça de seu dever nas tentativas matrimoniais. No entanto, quando ela desceu devagar os dois últimos degraus, ele não pôde deixar de notar sua palidez e franziu a testa, esperando que ela não estivesse prestes a contrair algum tipo de enfermidade.

Estava prestes a falar, mas quando a filha chegou ao penúltimo degrau, como era de se esperar, tropeçou, caindo para a frente, com as mãos agitadas como uma estrela-do-mar assustada, antes de conseguir se corrigir a tempo de chegar misericordiosamente de pé no final da escada.

Eles se encararam em silêncio por alguns segundos:

— O bilhete era do duque de Blackmore? — ela enfim perguntou em uma voz baixa, tão diferente da usual de Graça, que o reverendo teve de olhar com atenção para verificar que se tratava da filha certa.

Ele se sentiu tentado a dizer à moça que cuidasse da vida dela, mas, lembrando-se da conversa que sabia não poder adiar por muito mais tempo, segurou a língua e disse:

— De fato. É apenas uma convocação para encontrá-lo amanhã, o que não é nada mais do que eu já esperava.

Para sua grande surpresa, os olhos da filha se arregalaram como se tivesse visto um fantasma e então caiu dura, desmaiada a seus pés.

Capítulo 3

— Reverendo Augusto Shackleford.

Nicholas largou a pena enquanto observava o homem corpulento entrar no escritório, seu colete esticado na tentativa de cobrir sua barriga. Na última vez em que viu Augusto Shackleford, o reverendo sem sombra de dúvida estava bem mais magro. Em todos os outros aspectos, por sorte, ou talvez graças a Deus, parecia ter envelhecido bem.

— Vossa Graça — disse o reverendo, cordialmente, curvando-se o máximo que pôde.

— Reverendo — cumprimentou Nicholas, gesticulando para a cadeira diante da escrivaninha. Foi preciso angariar toda a sua coragem para entrar neste escritório, embora duvidasse que algum dia se sentiria confortável na cadeira de couro em que estava sentado.

O fantasma do pai ainda parecia estar presente, e Nicholas sabia que era bem provável que passasse o resto de seus dias sem nunca conseguir se livrar da presença do maldito.

— Posso lhe oferecer uma bebida?

— Licor, talvez? Uma bebida gelada seria muito bem-vinda em um dia tão quente — respondeu o vigário, puxando o lenço e colocando-o na testa. Nicholas acenou com a cabeça para o mordomo e convidou o reverendo a se sentar.

O reverendo Shackleford sentou-se com um suspiro de gratidão. Ele dispensara sua carruagem aberta puxada por dois cavalos esta manhã para fazer uma caminhada tranquila, supondo que o tempo que levaria para chegar à residência do duque proporcionaria um interlúdio silencioso muito necessário para refletir a respeito dos últimos acontecimentos. Pelo visto, as coisas estavam muito piores do que pensava. Era inegável que havia algo errado com a filha mais velha.

Graça, que, até onde ele sabia, nunca ficara aflita na vida, continuava a perambular pela paróquia, aparentemente inquieta, desde o episódio do dia anterior. Como no geral preferia ficar trancafiada em seu quarto, o reverendo a tinha visto mais em único dia do que nos últimos dez anos e, o tempo todo, ela parecia observá-lo com medo.

Embora o reverendo Shackleford não fosse conhecido por sua paciência, tampouco era grosseiro ou muito mal-humorado. Na verdade, sua prioridade era garantir que sua vida continuasse o mais pacífica e sem intercorrências possível. Até onde sabia, nenhuma de suas filhas tinha lá muito medo dele, e o olhar constante de Graça estava começando a dar-lhe nos nervos, ainda mais porque ela parecia estar sempre prestes a falar algo.

Ele não sabia como, mas estava ficando claro que Graça, de alguma forma, sabia de seus planos. A primeira coisa que lhe ocorreu foi de que talvez Percy tinha dado com a língua nos dentes, mas, quando ele mencionou o coadjutor na conversa como quem não quer nada, não houve reação. E ela certamente não havia demonstrado nenhum interesse em Percy durante o jantar. Esperava com todas as suas forças que esse fosse o problema. Havia, é claro, outras possibilidades que seriam muito piores. Ele estremeceu, imaginando o quanto isso provavelmente lhe custaria se fosse obrigado a persuadir algum cavalheiro a se casar com ela para manter sua honra.

— Uma esposa! — O reverendo ouviu as palavras em meio ao turbilhão de seus pensamentos e olhou para o duque horrorizado, imaginando se, de alguma forma, havia dito suas preocupações em voz alta.

— Peço perdão, Vossa Graça — ele gaguejou ao se apressar em dizer. — Rogo por vossa clemência, pois não entendi muito bem o que dizia.

Nicholas franziu a testa. Ficou claro que o clérigo não ouvira uma única palavra sequer. Será que o homem não batia bem da cabeça? O duque abriu a boca para dar uma resposta contundente, mas, no mesmo instante, Huntley apareceu com uma bandeja com bebidas. Depois de colocar a bandeja cuidadosamente na escrivaninha, entregou uma taça de cristal ao reverendo, que a aceitou com gratidão. Nicholas balançou a cabeça quando lhe foi oferecido um copo, suportando a interrupção com uma impaciência mal disfarçada.

O reverendo Shackleford aproveitou a oportunidade para se recompor. Talvez o duque pudesse ser um aliado na busca de um par adequado para Graça. Uma palavra discreta de alguém tão influente ajudaria muito a silenciar os fofoqueiros. Quando o mordomo idoso fechou a porta, ele pôde dirigir sua atenção ao duque da maneira piedosa e contida que se espera de um homem do clero.

— O que dizia, Vossa Graça? — propôs ele, bebericando sua bebida.

O duque de Blackmore cerrou a mandíbula, fazendo com que o reverendo se remexesse na cadeira, nervoso.

— Preciso de uma esposa — Nicholas resmungou enfim, as palavras deixando sua boca a contragosto.

O reverendo Shackleford piscou os olhos. Não tinha certeza de como o duque esperava que ele ajudasse nas ambições matrimoniais de Sua Graça. Como vigário, ele certamente não se misturava com o tipo de pessoa privilegiada dos altos escalões da aristocracia. E ele já tinha problemas matrimoniais suficientes para lidar.

— É... não tenho certeza de como posso ajudá-lo, Vossa Graça. Talvez com uma orientação espiritual para uma jovem senhora? Ou seria de uma acompanhante de que precisa? Estou à disposição para ajudá-lo, se puder.

O duque rangeu os dentes em frustração. Homem infernal.

— Preciso de uma de suas filhas.

Após uma correspondência discreta, Nicholas soube que o reverendo Shackleford tinha oito filhas, algumas delas em idade de se casar. Ele não tinha a intenção de cortejar alguém ou ir para Londres em busca de uma mulher com título.

Precisava de uma esposa respeitável, dócil e obediente, que lhe desse um herdeiro sem alarde e sem incômodo. Sem dúvida, como homem de Deus, o reverendo teria criado suas filhas para serem assim, não?

Nicholas percebeu que o homem mais velho olhava para ele boquiaberto.

— Há algo errado? — ele perguntou enquanto o silêncio se prolongava.

Enfim, o reverendo tossiu:

— Deixe-me ver se entendi direito, Vossa Graça. O senhor deseja se casar com uma de minhas filhas e torná-la duquesa?

Nicholas inspirou fundo:

— Sim, é exatamente esse o meu desejo. Quanto à escolha deixo a seu encargo.

— Escolha? — O maldito homem estava fazendo-se de desentendido ou era sempre tão sonso? Isso certamente não era um bom presságio para a inteligência de qualquer prole que pudesse vir de sua linhagem. Pensando bem, inteligência não costumava ser lá muito valorizada na alta sociedade.

— Você pode escolher qual delas será minha esposa. — Nicholas virou o papel em que estava trabalhando e o colocou na mesa. — Estou disposto a pagar muito bem por uma esposa religiosa e submissa. — Uma que provavelmente cumpriria seu dever e não lhe pediria mais nada.

O reverendo Shackleford soltou um som abafado ao olhar para o contrato que o duque preparara e, de repente, Nicholas ficou mais preocupado com a possibilidade de o homem estar tendo um ataque de apoplexia. Quando estava prestes a se levantar e pedir ajuda, o reverendo finalmente tossiu e falou:

— Com certeza, Vossa Graça. Eu ficaria feliz e, é claro, honrado em entregar uma de minhas filhas à sua guarda para essa feliz união.

— Ótimo — declarou Nicholas, pressionando sua pena no contrato. — Assine e depois discutiremos os detalhes.

O reverendo escreveu sua assinatura no contrato com a mão trêmula antes de empurrá-lo de volta para Nicholas.

— Quando gostaria de anunciar o casamento?

— Sem anúncios — disse Nicholas enquanto rabiscava seu nome sob o do reverendo. — Não haverá festa. Desejo me casar até o final da semana.

— Da semana?

Nicholas arqueou uma sobrancelha:

— Isso seria um problema?

O homem estava enxugando a testa outra vez:

— Não, claro que não, Vossa Graça. Será como o senhor deseja. Eu mesmo presidirei a cerimônia.

O reverendo Shackleford fez uma pausa para saborear esse momento prodigioso:

— Minha filha mais velha. Terá minha filha mais velha.

Isso não importava para Nicholas:

— Traga-a no final da semana e ela se tornará minha duquesa. Ainda está em idade de ter filhos?

— Ela tem vinte e cinco anos — o reverendo respondeu hesitante, imaginando só agora se a idade de Graça poderia acabar por estragar essa reviravolta milagrosa. Estremecendo um pouco, ele se apressou em continuar. — Sei que ela já tem uma certa idade, Vossa Graça, mas com certeza está no auge de sua idade fértil. Além disso, ela é uma moça boa e obediente, será uma ótima esposa para o senhor. Disso eu tenho certeza.

— Está bem. — Nicholas suspirou. Ele não queria uma jovenzinha ingênua que acabara de sair da escola. — Huntley o acompanhará até a saída. Obterei a licença especial e lhe enviarei uma mensagem com o dia e a hora em que desejo que conduza a cerimônia.

— Aguardarei ansiosamente suas instruções, Vossa Graça. E permita-me dizer o quanto me sinto honrado por estarmos prestes a nos tornar família.

O duque o olhou com frieza e o reverendo Shackleford se despediu apressadamente, mal conseguindo conter a vontade de sair pulando de alegria do escritório.

Depois que o reverendo saiu do escritório, o valete de Nicholas entrou, seus polegares enganchados no colete:

— Então, é aqui que passa seus dias agora.

Nicholas recostou-se na cadeira, sentindo-se cansado:

— Um valete não vem procurar seu mestre.

O escocês deu um sorriso enquanto se acomodava na cadeira de onde o reverendo acabara de sair:

— Que bom que não sou um valete normal então, meu amigo.

Ainda que fosse preciso fazer com que seu valete incomum entendesse os modos e as etiquetas da sociedade inglesa, Nicholas retribuiu o sorriso de Malcolm. O escocês havia sido seu marujo por muitos anos. À medida que Nicholas subia na hierarquia e era nomeado de navio em navio, Malcolm o acompanhava e provavelmente o conhecia melhor do que qualquer outra pessoa na face da Terra.

Na sua última expedição, que culminou com a vitória na Batalha de Trafalgar, Malcolm salvou a vida de Nicholas, mas, ao fazê-lo, foi ferido na perna por uma baioneta. Foi enquanto ambos convalesciam em Gibraltar que finalmente chegaram a eles notícias da morte do duque de Blackmore, catapultando Nicholas para um papel para o qual ele não estava preparado nem nunca quis.

De certa forma, a notícia tinha sido fortuita, embora Nicholas preferisse morrer a admitir isso. Tendo sido gravemente ferido na batalha, ele foi forçado a desistir do seu cargo na Marinha Real e não tinha para onde ir.

Malcolm, sempre seu marujo leal, decidiu voltar à Inglaterra com seu antigo capitão, o que lhe rendeu a eterna gratidão de Nicholas. O escocês podia não saber a diferença entre um nó de feitio e um nó simples de plastrão, mas ele entendia o que seu capitão havia passado desde que chegou à idade adulta e, por causa disso, Nicholas jamais o deixaria sem um lugar para ficar.

— Esse é seu irmão?

Nicholas seguiu o olhar de Malcolm até o grande retrato acima da lareira. Dois rapazotes sérios olhavam para eles, os cães de caça do pai os ladeando.

— É.

— Vocês são mesmo parecidos.

Os lábios de Nicholas se ergueram em um pequeno sorriso ao pensar nas vezes em que ele e Peter haviam enganado os outros quanto a quem era quem. Acabara por ser muito útil com seus tutores e, apesar de muitas vezes terem acabado com os traseiros quentes depois de uma cintada do pai, continuaram a fazê-lo, mesmo quando já eram mais crescidos.

Houve momentos, depois que ele deixou a Inglaterra, especialmente quando estava no mar, que Nicholas poderia jurar ter visto o irmão ou sentido sua presença em uma noite de tempestade.

Afinal de contas, foi em uma noite de tempestade que ele perdeu Peter e, por tudo que lhe era mais sagrado, ainda não conseguia entender por que acharam que seria uma boa ideia correr com os cavalos na chuva. Nicholas nunca se esqueceria do grito do irmão quando o cavalo escorregou na estrada molhada, como ele quebrou o pescoço com o impacto, sua voz calando-se para sempre.

O duque culpou Nicholas por ter levado o irmão à aventura imprudente que acabou com sua vida. Peter sempre foi o favorito do duque e o verdadeiro herdeiro de Blackmore. Como segundo filho, embora por minutos, ele era meramente um intruso.

— Deixe-me em paz — rosnou Nicholas, voltando aos seus papéis, empurrando com determinação a mágoa de volta para a caixa trancada em que a guardava. — Tenho trabalho a fazer.

— Parece que tem mesmo — comentou Malcolm, sem se incomodar com o mau humor de seu mestre.

Nicholas esperou até que seu velho amigo saísse da sala e passou a mão no rosto. O passado não tinha lugar aqui. Ele não tinha escolha a não ser seguir em frente, olhar para um futuro que não incluía mais o balançar de um convés sob seus pés.

A começar pela esposa que teria até o final da semana.

Capítulo 4

Quando o reverendo Shackleford chegou à paróquia, parte da felicidade inicial havia desaparecido, fora substituída pela apreensão ao pensar na conversa que precisaria ter com Graça. Ainda mais por ter de perguntar se a virtude da filha mais velha continuava intacta.

Quanto mais ele pensava nisso, mais temia que o que estivesse incomodando Graça fosse relacionado à perda de sua honra.

Se algum libertino tivesse ousado arruinar sua filha, o reverendo nem sabia o que seria capaz de fazer. Por mais que a oferta do duque de Blackmore tivesse sido fortuita, não se atreveria a tentar passá-lo para trás dando-lhe bens usados.

Caso Graça tivesse perdido sua virtude, ele teria de escolher outra das filhas para ocupar o lugar dela na cama do duque. E se Graça parecia desobediente, as irmãs mais novas eram muito piores.

O reverendo suspirou, demorando-se no pé da escada, se perguntando se deveria apenas questionar Graça diretamente ou envolver a sra. Shackleford, cujas habilidades diplomáticas eram, na verdade, piores do que as suas. Sem falar na sua completa falta de discrição.

No entanto, esse tipo de questionamento delicado exigia o toque de uma mulher, decidiu o reverendo. Não lhe restava alternativa, e como homem do clero, sua esposa era a única mulher com quem ele tinha algum tipo de intimidade. Portanto, ela teria de servir.

— Que disparate. — A resposta de Agnes Shackleford às preocupações do marido foi extraordinariamente alta, dado o fato de que, na maioria das vezes, ela aparentava um ar de fragilidade e falava em sussurros ofegantes. — Graça é uma mulher tão honrada quanto eu. — O reverendo realmente não tinha uma resposta pronta para nenhuma das afirmações, então, pela primeira vez, optou por permanecer em silêncio.

— Se o senhor a acusasse de passar muito tempo com o nariz enfiado em um livro ou de subir em uma árvore, eu entenderia, Augusto. Não, nosso maior problema, caso o duque de Blackmore leve adiante seu plano descabido de torná-la duquesa, será o quanto ela poderá nos envergonhar na alta sociedade. E não me preocupa que isso se deva a qualquer indulgência pré-matrimonial com os pecados da carne. — O reverendo estremeceu quando a voz de sua esposa subiu uma oitava, mostrando um lado dela que ele até então desconhecia. O esforço foi claramente demais, e ela caiu dramaticamente nas almofadas antes de continuar:

— Se ela arrastar o nosso nome para a lama, certamente o querido Anthony nunca circulará entre a elite. — Ela terminou a frase em um sussurro trêmulo, enxugando os olhos com um lenço de renda.

— Para ser justo, Agnes, o menino tem apenas cinco anos.

— A alta sociedade não esquece tão fácil — respondeu sua esposa com um suspiro.

O reverendo arfou irritado. A coisa toda estava se tornando diabolicamente complicada, e sua cabeça estava começando a doer.

— Então o que você sugere? — ele perguntou com uma careta. — Afinal de contas, Agnes, esta é uma oportunidade de ouro que não podemos acreditar que aparecerá outra vez. Parece melhor escolher Temperança no lugar de Graça, ou talvez Esperança?

— Definitivamente não. — Agnes Shackleford estremeceu.

— Então está decidido. Será Graça. Contanto que eu tenha a certeza de que ela não entregou sua virtude a algum canalha desonesto, estou certo de que ela entenderá seu dever e será uma esposa religiosa e obediente para Sua Graça. — O reverendo sentiu como se um peso enorme tivesse sido tirado de seus ombros. — Vou pedir que ela venha até nós neste exato momento para dar-lhe a feliz notícia.

A única resposta de Agnes Shackleford foi um suspiro sofrido. Ajeitando as almofadas, ela recostou-se e fechou os olhos:

— Poderia pedir a ela para trazer meus sais?

— Ele o quê? — Graça levantou-se, sua expressão era um misto de horror e descrença.

— Eu disse que Sua Graça lhe deu a grande honra de pedir sua mão em casamento. — O reverendo reprimiu sua irritação e repetiu a declaração devagar, equivocando-se em crer que a filha mais velha havia entendido errado da primeira vez.

— Por que diabos ele fez isso? Ele nem sequer gosta de mim.

— O que gostar tem a ver com isso? — perguntou o reverendo, pasmo. — Desde que você cumpra com o seu dever e dê ao duque um herdeiro, aposto que ficará meses sem sequer ver o homem.

Graça olhou para o rosto perplexo do pai e, de repente, foi tomada por uma vontade de rir. Era tudo tão ridículo. O duque de Blackmore podia ter qualquer dama da alta sociedade que quisesse, mas, por algum motivo, estava de olho em uma mulher de baixa estirpe — uma da qual ele claramente não gostava, mesmo depois de apenas cinco minutos de conversa. Por que diabos ele faria uma coisa dessas?

Graça percebeu que o pai voltara a falar, dessa vez com a voz séria que ele geralmente reservava para os paroquianos que não estavam convencidos de que uma vida de pobreza na Terra lhes garantiria uma vida melhor no futuro e que, portanto, se recusavam a contribuir para a caixa de coleta.

— Não tem porque se preocupar, Graça. Acredito que quando ele a vir ficará mais do que satisfeito.

Graça abriu a boca para perguntar de que diabos o pai estava falando quando, de repente, percebeu que, na verdade, o duque de Blackmore não fazia ideia de quem ela era.

Oh, por Deus, isso era pior ainda. Como diabos ele reagiria quando visse o rosto dela pela primeira vez enquanto faziam os votos matrimoniais? Talvez ele parasse a cerimônia. Graça não conseguia decidir o que seria pior: se ele desistisse ou se fosse até o fim.

— Sabe muito bem, pai, que não frequentamos os mesmos círculos sociais — ela rebateu em desespero. — Serei motivo de chacota.

O reverendo não pôde deixar de observar que a filha agora mexia as mãos com nervosismo e, assustado, olhou para a esposa, que parecia estar dormindo. A resposta de Graça foi a última coisa que ele esperava.

— Agnes?

A única resposta da esposa foi um ronco suave. O reverendo se apressou em pegar seu relógio de bolso, verificou a hora e o colocou de volta no colete.

— Ora, de forma alguma — disse ele, enfim, com aspereza. — Você é minha filha mais velha e já passou da idade de se casar. O duque concordou com uma oferta mais do que generosa e você *há* de se casar com ele. — Ele terminou com um tom adequadamente decisivo que, esperava, tiraria qualquer oposição da cabeça dela de uma vez por todas.

Os pensamentos de Graça evocaram o homem que assombrava sua mente desde que se conheceram, seus olhos frios e penetrantes e sua carranca profunda lhe causavam arrepios na espinha. Como seria estar casada com um homem assim? Era provável que ele a trancasse no quarto e jogasse a chave fora.

— Não posso — disse Graça mais uma vez, agora com a voz trêmula, como não era de seu feitio. — Não posso, pai. Não me obrigue.

O reverendo ficou perplexo. Nem por um segundo lhe ocorreu que Graça seria contra o casamento. Por Deus, o duque era um homem muito, muito melhor do que a filha poderia esperar para um casamento. Ainda por cima, ele não era velho, estava no auge de sua juventude e era muito bem-apanhado. Sem falar que não era nada menos do que um herói de guerra.

— Graça — disse ele, enfim, exasperado. — O que espera que eu faça? Quer que eu recuse o homem que tem nosso sustento em mãos? Provavelmente acabaríamos na rua da amargura. É isso que você quer para suas irmãs?

Graça o encarou atônita. O reverendo sabia que havia atingido o ponto fraco da filha e não teve escrúpulos em tirar vantagem disso:

— Se você recusar este casamento, serei forçado a escolher outra de suas irmãs para tomar o seu lugar naquele altar — declarou ele sem rodeios. — A decisão é sua. — Com isso, ele se levantou da cadeira com muita dificuldade e saiu cheio de pompa da sala de visitas, como um homem acostumado a ter suas ordens obedecidas por seus filhos. Na porta, ele fez uma pausa e se virou para trás. Graça não havia se movido. — Espero sua decisão antes do jantar — disse ele, assegurando-se de que seu tom fosse firme e não aceitasse protestos. — O casamento será realizado depois de amanhã.

Graça franziu a testa e abriu a boca para falar alguma coisa, momento em que o reverendo decidiu que a elegância que se dane e bateu em retirada o mais rápido que pôde.

— Depois de amanhã! Ah, Graça, como o papai pode esperar que se case tão rápido?

— Pensei que o duque estivesse morto.

— Ele é tão velho!

— Este é o novo duque?

— Não sabia que havia um duque novo.

Temperança e as gêmeas mais velhas, Confiança e Esperança, eram as três irmãs mais velhas, após Graça. Elas foram convocadas às pressas pelo pai para ficarem com a irmã, em outra tentativa óbvia de forçar a filha a concordar com o casamento. Até agora parecia estar funcionando. Não havia como Graça, em seu juízo perfeito, permitir que qualquer uma de suas irmãs fosse sacrificada em seu lugar. No entanto, suas expressões horrorizadas não estavam sendo lá de grande ajuda.

Graça caiu de costas na cama estreita, seu corpo ainda entorpecido pelo choque. Ela se tornaria a esposa de alguém em dois dias.

Do duque de Blackmore. O homem para o qual ela havia dito há apenas dois dias que não tinha a intenção de se casar e que nunca pertenceria a ninguém.

Enquanto olhava ao redor do quarto, Graça teve uma súbita ideia de juntar algumas coisas e fugir pela janela do destino que seu pai lhe impusera. Poderia pegar algum dinheiro da gaveta do escritório e implorar que alguém a levasse para fora do vilarejo.

Mas para onde ela iria? Não tinha parentes com que contar e todos os conhecidos moravam nesse vilarejo. Além disso, não podia simplesmente deixar uma de suas irmãs ter de lidar com aquele destino.

Seus ombros caíram em derrota. Ela não tinha o que fazer a não ser se casar com o duque.

Temperança estendeu a mão e deu um tapinha no joelho da irmã.

— Sei que é difícil, querida, mas certamente poderia ser pior. Ele poderia ter lhe prometido ao Percy! — Ela franziu a testa diante daquele pensamento repentino e horrível. — Certamente o papai não consideraria nenhuma de nós para Percy...

— Confiança — murmurou Graça —, sem dúvida o pobre Percy teria um ataque só de pensar em se casar com qualquer uma de nós. — Mas Graça se absteve de comentar que o pai delas teria dificuldade em arranjar um marido adequado para todas as oito filhas, ou para qualquer uma delas, na verdade, portanto, não era um absurdo tão grande imaginar que o pai poderia estar desesperado o suficiente para pensar em seu coadjutor.

O único motivo pelo qual o duque de Blackmore a considerava adequada para tal função era o fato de ele ter voltado para casa há pouco tempo e não a conhecer pessoalmente. Nem a suas irmãs...

— E você se mudará para aquela casa grandiosa — continuou Temperança, evitando com determinação pensar em Percy como um possível marido — com seus próprios criados e belos vestidos. Ah, e as festas. Poderá dar festas maravilhosas.

Graça olhou para as irmãs:

— Creio que o duque não dará nenhuma festa. Ele não parece ser nem um pouco leviano ou propenso à diversão. Vou me casar com um homem que passou toda a sua vida adulta até agora no mar. Sei muito pouco dele, mas, se está disposto a aceitar a filha de um vigário local, fica claro que ele não costuma frequentar a alta sociedade.

— Bem, se ele não for um velho, tenho certeza de que saberá muito mais sobre ele — respondeu Confiança, os olhos brilhando com uma pontada de malícia. — Muito rápido até, devo dizer.

As bochechas de Graça arderam quando ela pensou em realmente dividir a cama com um homem. Com oito mulheres residindo na mesma casa, é óbvio que discussões a respeito do sexo oposto não faltavam, mas ela teria de enfrentar o novo marido sem as irmãs por perto.

Teria que enfrentar o homem frio e intimidador completamente sozinha.

Sem qualquer adiamento de última hora, dois dias depois, amanheceu o dia do casamento de Graça. Resignada ao seu destino, Graça levantou-se na luz da madrugada e pegou seu melhor vestido diurno. Claramente não era adequado para uma futura duquesa, mas era o melhor que ela tinha.

Ela tomou um bom banho, lavou bem a cabeça, colocou o vestido e permitiu que Temperança prendesse seus cabelos em um coque simples. As gêmeas colocaram flores em seus cachos e ajudaram Graça a guardar suas coisas antes de se despedir de cada uma das irmãs com lágrimas em profusão escorrendo pelo rosto.

— Seja forte, Graça — Temperança sussurrou enquanto abraçava a irmã. — Mamãe ficaria muito orgulhosa de você.

— É você que cuidará dos mais novos agora — Graça sussurrou de volta enquanto a soltava. — Faça o possível para contê-los quando se excederem demais, Tempy. Se alguma de vocês quiser se casar, precisarão começar a se comportar como jovens damas. — Foi a primeira vez que Graça falou assim com a irmã, e Temperança arregalou os olhos, perplexa. — Elas são sua responsabilidade agora — insistiu Graça, afastando-se antes que a emoção a tomasse por completo.

Seu pai e Agnes esperavam na porta, o reverendo vestido com sua melhor batina e um largo sorriso no rosto. Para a surpresa de Graça, Agnes segurou suas mãos com lágrimas nos olhos:

— Veja só, você está prestes a se tornar a duquesa de Blackmore.

— Venha — disse seu pai, apontando para a carruagem que o duque enviara. — Blackmore está esperando.

Graça olhou para trás, viu as irmãs se aglomerando na porta para acenarem para ela e piscou para conter as lágrimas que não conseguia controlar. De nada adiantaria chorar agora.

O trajeto até a futura residência foi curto e, a cada minuto que passava, Graça sentia sua ansiedade aumentar a ponto de engoli-la. Quando a carruagem parou em frente à sua nova e magnífica casa, Graça sentiu o primeiro sinal de enjoo. Não comera nada desde que acordara e agora o corpo a estava lembrando de sua tolice. Engolindo em seco pelo nervosismo, ela aceitou a mão do lacaio, descendo com cuidado da carruagem.

Ali, na imponente porta, estava o duque observando-a em silêncio. Graça sentiu seu mal-estar aumentar ao encontrar os olhos dele e observou o choque em seu rosto quando enfim se deu conta de com quem estava prestes a se casar.

Pegando o braço do pai, ela subiu as escadas devagar, respirando com dificuldade e ficando ofegante na tentativa de conter o enjoo crescente, sentindo como se estivesse indo para a forca e não para o leito conjugal.

Ao chegarem ao topo da escada, o duque finalmente deu um passo à frente, o rosto desprovido de qualquer emoção. Ele estendeu a mão para ela, e Graça engoliu em seco com força enquanto lançava um último olhar de súplica para o pai. O reverendo apenas acenou com a cabeça em sinal de aprovação e a empurrou gentilmente em direção ao futuro marido com um sorriso encorajador.

Tudo pareceu ficar mais lento quando Graça alcançou a mão do duque, tropeçou para a frente, sentindo a bile, que outrora ameaçava subir, agora sair, contrária à sua vontade, esvaziando o conteúdo escasso de seu estômago bem aos pés de seu futuro marido.

Capítulo 5

Era a atrevida do pomar.

Nicholas quase riu alto com essa reviravolta do destino enquanto observava o reverendo e a filha subirem as escadas, imaginando o que ela estaria pensando desse casamento. O duque imaginou que ela soubesse de seu destino antes dele, mas a mulher que estava ali não se parecia em nada com a insolente que gritara com ele em seu último encontro. Essa versão parecia que estava prestes a desmaiar. Sua cor era a de alguém no leito de morte. O duque franziu a testa, se perguntando se o reverendo Shackleford estava tentando enganá-lo e o estava casando com alguém gravemente doente. No entanto, precisava admitir que ela era curvilínea demais para estar sofrendo de alguma doença grave. Apesar do óbvio desconforto, no entanto, os olhos dela não deixaram os dele enquanto subia devagar os degraus, e Nicholas sentiu os primeiros sinais de uma admiração involuntária.

Ela parecia mais alta do que ele se lembrava. Os cabelos estavam engenhosamente enrolados com flores frescas de primavera enfiadas neles. O vestido verde se agarrava a uma forma voluptuosa que ele certamente não havia notado no último encontro. De fato, ela era muito bonita. Ao se aproximar, seus olhos se arregalaram com um pânico mal disfarçado e ela parecia ofegante, apoiando-se pesadamente no pai, que tinha um amplo sorriso no rosto, ao que tudo indicava alheio ao desconforto da filha.

Certamente era bonita o suficiente para chamar a atenção, desde que seus modos fossem aceitáveis, serviria muito bem.

E então ela vomitou em suas botas imaculadas e polidas.

— Nem sei como me desculpar, Vossa Graça. Não faço ideia do que aconteceu com ela. Graça costuma ser tão... tão, bem, tranquila. Tenho certeza de que foi apenas um pequeno ataque de nervos. Qualquer jovem desmaiaria com a perspectiva de se casar com um homem tão bom.

Nicholas ergueu as sobrancelhas, mas se absteve de mencionar que o desmaio não costumava ser acompanhado de vômito.

— Não importa — ele finalmente respondeu com frieza, quando o reverendo parecia que ia se jogar na espada mais próxima. — Assim que minha futura esposa aparecer, começaremos a cerimônia.

O reverendo deu um suspiro audível de alívio.

A governanta foi chamada para levar Graça ao banheiro, enquanto o duque e seu pai esperavam na sala de estar. Os dois homens não paravam de olhar para o relógio e, à medida que os minutos se passavam, o reverendo começou a enxugar a testa nervosamente com um lenço. Passada meia hora, Nicholas decidiu que ou ela já estava morta ou possivelmente a meio caminho de Londres.

Ele estava prestes a chamar Huntley quando a porta finalmente se abriu e o mordomo anunciou sua futura esposa.

O reverendo Shackleford correu até a filha, e Nicholas ficou um tanto satisfeito ao observar que ele parecia preocupado de verdade com ela. Após alguns segundos de conversa sussurrada, o reverendo limpou a testa brilhante uma última vez e se voltou para o duque, que permanecia imóvel.

— Vossa Graça — disse o reverendo, deixando transparecer alívio em seu tom de voz. — Esta é minha filha mais velha, Graça.

Ela obedientemente fez uma reverência:

— Vossa Graça.

Nicholas alegrou-se ao notar que ela já não estava tão pálida. No entanto, seus olhos estavam baixos e os modos permaneciam dóceis e submissos — nada parecidos com a mulher de língua afiada que havia visto no pomar. Disse a si mesmo que essa era a conduta correta e adequada para uma mulher que estava prestes a se casar e, se uma pequena parte dele sentiu uma pontada de decepção, foi ignorada com determinação. O duque a encarou, um pouco desconcertado. Até aquele momento, mulheres não tinham desempenhado um papel importante em sua vida, e ele não dominava a arte de jogar conversa fora. Perguntou-se o que ela achava do acordo deles. Com certeza, não estaria feliz, considerando o deslize anterior dela. Teria ela ficado tão chocada quanto ele ao saber o nome do homem com quem iria se casar?

— Peço perdão pela minha grosseria de há pouco — disse ela em voz baixa, com os olhos firmemente voltados para o chão.

Nicholas respirou fundo:

— Espero que o estado do piso seja de seu agrado, senhorita Shackleford. Bem-vinda a Blackmore, sua nova casa.

Ela se endireitou finalmente encontrando seu olhar.

— É mesmo?

— Graça — advertiu o pai dela, nervoso. — Peça desculpas.

Talvez a atrevida do pomar não tenha desaparecido por completo. Ele ergueu as sobrancelhas diante do deslize dela, que rapidamente baixou os olhos de volta para o chão. O duque se certificou de manter uma voz educada, mas distante:

— Não é necessário pedir desculpas. Venha, senhorita Shackleford. Vamos para a capela e dar início à cerimônia de casamento. Está claro que o piso não está a seu contento e, quanto mais cedo pudermos torná-la a senhora desta casa, mais cedo o polimento estará, sem dúvida, de seu agrado. — Ele não tinha certeza se havia imaginado a leve contração em um canto da boca da jovem quando ela colocou a mão em seu braço.

A capela ficava na sala de jantar da família. Huntley e a sra. Tenner foram trazidos como as testemunhas necessárias e, em um intervalo de meia hora, Nicholas se viu declarando seus votos a uma mulher que ele nem conhecia e depois pressionando um beijo casto na sua bochecha enquanto o pai dela os anunciava como marido e mulher. Dando um passo para trás, ele olhou para o rosto sem sorriso de sua nova duquesa, as palavras se recusando a se formar em seus lábios. Uma mulher deveria ouvir belas frases no dia de seu casamento, um pouco de afeto, mas não havia nenhum entre eles.

Apenas uma dose de pesar.

E então acabou. O reverendo Shackleford fechou seu livro de preces e olhou para cada um deles com incerteza.

— Bem — disse ele com uma alegria forçada, colocando o livro de volta nos bolsos cavernosos de sua batina. — Talvez eu deva me despedir agora. Deixá-los, é... dar-lhes algum tempo para, é... se conhecerem melhor? — Ele terminou a frase com um questionamento direcionado ao duque. Nicholas assentiu com um gesto brusco e pediu a Huntley que liderasse o caminho de volta ao saguão de entrada.

Uma vez lá, o duque se afastou para permitir que pai e filha se despedissem. O reverendo abraçou Graça sem jeito e saiu correndo pela porta da frente, deixando a filha olhando para ele, os olhos brilhando com lágrimas.

Para seu alívio, no entanto, ela não caiu aos prantos quando a porta se fechou em um caráter definitivo e assustador, deixando os dois de pé no saguão de entrada em um silêncio ensurdecedor.

Nicholas ainda não tinha processado os eventos recentes: estava casado.

Houve uma tosse discreta atrás dele:

— Devo levá-la ao quarto dela?

Nicholas se virou para encontrar Huntley ainda pairando por perto, o lacaio ao lado dele.

— Sim — declarou ele, sua voz ressoou grosseira em seus próprios ouvidos. — Minha esposa também precisará de uma refeição matinal.

Os olhos de Graça se voltaram para os dele.

— Não tomaremos o café da manhã juntos?

— Tenho trabalho a fazer — ele resmungou. O dia de seu casamento não era diferente de inúmeros outros, apenas mais uma tarefa que ele havia sido forçado a realizar para o bem da propriedade.

As palavras dele a pegaram de surpresa:

— Mas eu... Pensei que isso poderia nos dar a oportunidade de... bem, talvez... nos conhecermos, talvez saber um pouco mais um sobre o outro? — A voz hesitante dela mais uma vez soava completamente diferente da mulher de língua afiada que ele havia conhecido, e o coração dele se apertou quase sentindo-se culpado pela mudança.

— Pois pensou errado, madame — ele respondeu bruscamente. — Huntley atenderá às suas necessidades, assim como a senhora Tenner. Bom dia.

Ele se virou e se dirigiu ao escritório antes que ela pudesse responder, sentindo o colarinho apertar mais uma vez. Ele não queria isso. Não queria ser forçado a se casar ou ter de escrever malditas correspondências intermináveis.

Há tanto tempo sua vida se resumira à sensação do ar salgado em seu rosto, o som de suas ordens sendo cumpridas pelos marinheiros ou seu corpo tenso logo antes de uma batalha.

Ele não queria essa vida, mas ficaria aqui até que o levassem embora em um caixão...

A manhã se estendeu até a tarde, a bandeja de almoço que a sra. Tenner entregou ainda estava intocada enquanto as sombras aumentavam na sala. Nicholas se dedicou ao trabalho, examinando cuidadosamente os livros deixados pelo administrador de seu pai e respondendo às correspondências de Londres.

Quando o cômodo finalmente escureceu, ele se levantou e acendeu a lareira, observando as chamas consumirem a madeira. Nicholas sabia que qualquer outro homem em sua posição iria ansioso para seu quarto e se prepararia para consumar seu casamento, mas seus pés não saíam do lugar. Ele estava enraizado diante das chamas, protegido pelas quatro paredes do escritório e pela porta fechada à sua direita.

Aproximando-se dos decantadores de cristal, Nicholas escolheu um bom conhaque e serviu-se de um copo, saboreando a doçura em seus lábios. Hoje era sua noite de núpcias, mas ele a passaria neste escritório e não nos braços de sua adorável esposa. Não conseguia se imaginar submetendo alguém à dor e aos horrores que viviam em sua mente, as imagens que o engolfavam assim que fechava os olhos.

Ele era um homem destruído, incapaz de ter qualquer felicidade em sua vida. Nicholas sofreria para sempre por seus fracassos, pela morte de Peter, pela morte de seus homens, pela morte de seu... de John.

Por mais que tivesse recebido as medalhas e os elogios de um homem com uma carreira digna, ele se sentia ainda menos como o herói célebre do que como o Duque de Blackmore.

Suspirando, Nicholas levou sua bebida até a cadeira de couro diante da lareira e se acomodou para passar a noite. Esta noite seria como todas as outras. Os fantasmas de seu passado se infiltrariam em sua mente, deixando-o apavorado e aflito, assim que ele estivesse mais vulnerável.

Não era algo que uma jovem esposa deveria ver. Um dia ele teria que fazer uma visita à cama dela se quisesse gerar um herdeiro, mas, no momento, Nicholas não estava embriagado o suficiente para fazê-lo.

Além disso, ela tinha acabado de ser vendida e casada com um homem que não tinha feito nada além de tratá-la com desdém. Nicholas imaginou que a última coisa que ela gostaria de ver era ele grunhindo em cima dela, cheio de liberdades só porque havia colocado um anel em seu dedo.

Ele tomou seu conhaque, saboreando o ardor no fundo do peito, depois se recostou e fechou os olhos.

Se tivesse sorte, os pesadelos não acordariam a casa toda.

Capítulo 6

A luz do sol cegou Graça quando ela abriu os olhos, demorando-se alguns instantes para processar o cômodo desconhecido. Era lindo, as cores suaves de azul e verde no papel de parede combinando com o suntuoso carpete azul que cobria o chão. Quando a sra. Tenner lhe mostrou o quarto, Graça quase riu alto com o pensamento absurdo de que ele era maior do que todos os quartos das irmãs juntos.

A cama era grande o suficiente para todas as sete irmãs também, e Graça levou algum tempo para se acostumar com a maciez sob seu corpo enquanto estava deitada ali, esperando pelo marido.

Seu vestido de algodão de repente pareceu bobo quando ela o vestiu para a chegada dele, desejando ter algo um pouco mais, bem, apropriado para um duque, algo que a fizesse se sentir realmente bonita.

Não que isso importasse. Sua porta permanecera fechada durante toda a noite e, à luz da manhã, Graça se sentia uma tola por ter pensado que ele viria ao seu quarto. O casamento deles não havia sido nada mais do que uma transação comercial e, embora ela não soubesse o verdadeiro motivo pelo qual o duque havia se casado com ela, certamente não foi porque ele desejava estar em sua companhia.

Um suspiro frustrado deixou seus pulmões e Graça jogou de lado o pesado cobertor, sentando-se na lateral da cama. Embora ela não quisesse se casar, assim como seu marido, estavam unidos pelo resto de suas vidas. O anel pesado em seu dedo lhe dizia isso. Ela presumiu que o duque queria um herdeiro. Por que outro motivo ele se daria ao trabalho de se casar? E, para ela, a única coisa que poderia tornar o acordo minimamente tolerável era ter um filho.

Embora não fosse uma especialista em assuntos carnais, sabia que era impossível que isso acontecesse caso o marido não fosse para a sua cama. De alguma forma, ela precisava mudar isso.

O que significava que ela precisava aprender a respeito do marido, o que ele gostava e detestava, bem como o verdadeiro motivo pelo qual ele não havia procurado a cama dela na noite de núpcias.

Vestindo-se rápido, Graça prendeu o cabelo para trás com uma fita simples antes de sair correndo do quarto e ir para o corredor, tentando não ficar boquiaberta com a elegância que a cercava. Era difícil para Graça acreditar que aquela era sua casa agora, que aquelas coisas eram suas.

Que ela era a duquesa de Blackmore.

Ao descer as escadas, ouviu vozes vindas de uma porta aberta, uma das quais parecia muito ser do seu novo marido.

O que deveria dizer a ele?

Será que ele falaria com ela esta manhã? Graça se perguntava se ele seria capaz de lhe dar um olhar que não fosse acompanhado de uma careta. Talvez agora fosse a hora de descobrir.

Ela empurrou gentilmente a porta e um leve cheiro de tabaco saiu do cômodo. O marido estava sentado atrás de uma grande escrivaninha com um homem pequeno em uma das cadeiras à frente, os dois discutindo a respeito do livro-razão aberto diante deles.

— Isso não pode estar certo — afirmou o duque, com o dedo comprido apunhalando a página diante dele. — Fiz meus próprios cálculos. Está errado em cem libras.

— Eu lhe asseguro, Vossa Graça — gaguejou o outro homem. — Transpus os números corretamente.

— Então descontarei de seus fundos, senhor Thomas.

— Vo-vossa Graça — implorou o sr. Thomas enquanto Graça entrava na sala sem fazer barulho. — Não pode fazer isso.

Graça observou o rosto do marido ficar calculadamente inexpressivo.

— Pois eu lhe asseguro que posso, sim. Se eu fosse o senhor, senhor Thomas, voltaria e recalcularia seus números antes que eu dê minha palavra final.

— Sim, Vossa Graça — disse o homem pequeno rapidamente pegando o livro-razão e se levantando. — Terei uma resposta até o fim do dia.

— Assim espero — murmurou o duque enquanto o homem passava por Graça em direção à porta com os olhos respeitosamente baixos. Graça engoliu em seco quando se voltou para o marido, os olhos dele nela.

— O que faz aqui?

Ela limpou a garganta, apertando as mãos com força:

— Vim ver se deseja tomar o café da manhã comigo.

A mandíbula dele se contraiu:

— Eu já comi.

Mas é claro que já.

— Então talvez eu possa ficar com você aqui?

Ele se levantou, contornando a mesa mancando de leve. Graça se perguntou o que teria acontecido com ele. Ela tinha ouvido falar que ele havia sido ferido em Trafalgar, os jornais que vinham de Londres não pouparam elogios à sua bravura, liderança e falando de como ele era um bom homem lutando ao lado do Almirante Nelson e levando a frota britânica a uma vitória retumbante contra os franceses.

Era por isso que ele havia retornado? Não por causa da morte de seu pai, mas porque seus ferimentos haviam encerrado sua carreira naval?

Graça começou a avançar, mas sentiu a ponta de sua bota enroscar na borda do tapete e, com um gritinho, ela caiu para a frente, sem ter onde se segurar.

De repente, ela foi içada até uma superfície quente, com braços fortes envolvendo sua cintura para estabilizá-la. O cheiro de sândalo a envolveu enquanto ela colocava as mãos no peito dele, sentindo o batimento cardíaco forte e constante sob a palma da mão.

— Não está fazendo jus ao seu papel de esposa — ele murmurou secamente.

— Receio nunca ter levado jeito para ser esposa — disse ela sem fôlego, tentando processar aquela proximidade. Ele não a havia tocado ontem, a não ser para colocar o anel em seu dedo e dar um beijo casto em sua bochecha, mas agora ele a estava tocando, e ela sentiu o sangue começar a esquentar o seu corpo, seu coração acelerando loucamente no peito. — Temo que tenha sido uma brincadeira me nomearem como tal.

Graça olhou para o rosto dele, esperando ver sinais de um sorriso.

Em vez disso, o olhar de pedra dele encontrou o dela, que sentiu o coração afundar quando ele a soltou, sua mandíbula bem cerrada:

— Tenho trabalho a fazer, esposa.

— Graça — disse ela, sentindo o calor começar a se dissipar agora que não estava mais envolvida nos braços dele. — Meu nome é Graça. Devo chamá-lo de Nicholas ou Blackmore?

Ele se moveu em direção à escrivaninha, seu mancar mais evidente do que antes, e Graça se preocupou que seus movimentos repentinos o tivessem machucado de alguma forma.

— Pode ser Nicholas — ele resmungou, acomodando-se na cadeira com uma careta.

Graça abriu a boca para perguntar sobre a saúde dele, mas algo em sua expressão a fez parar. Seu marido era, obviamente, um homem orgulhoso e provavelmente não a deixaria fazer perguntas.

— Entendo. Bem, então vou deixá-lo com seu trabalho, Nicholas.

Ele não respondeu, e ela saiu cuidadosamente do escritório, pressionando-se contra a parede para controlar os batimentos cardíacos.

Já conseguira sua resposta.

Capítulo 7

Nicholas escreveu um número na coluna antes de pousar a pena com um xingamento murmurado. Seus olhos se ergueram para o pequeno relógio na escrivaninha, notando que se aproximava a hora do almoço. A manhã havia sido uma perda de tempo, pois ele não conseguira evitar que sua mente vagasse vez ou outra para a visita inesperada da esposa ao escritório.

Isso e a sensação de tê-la em seus braços.

O que estaria fazendo em seu primeiro dia oficial como mulher casada? Nicholas sabia que estava sendo um canalha por não passar um tempo com ela. Como filha de um humilde clérigo, ela teria muito pouco conhecimento dos deveres exigidos de uma duquesa e precisaria de alguma orientação, no mínimo. Ora, o que tinha ele com isso? Nicholas não tinha a intenção de receber convidados. Tinha pouquíssimos amigos na alta sociedade e, ainda assim, perdera contato com eles há muito tempo. Não haveria visitas à Blackmore. Sua duquesa poderia passar seus dias dormindo debaixo de uma centena de árvores diferentes. Ninguém daria falta dela.

No entanto, ela era sua esposa e seria a mãe de seus herdeiros um dia. Ela precisaria saber como se comportar diante de alguém da alta sociedade em algum momento no futuro. Talvez ele devesse pensar em lhe contratar uma acompanhante? Alguém que pudesse lhe ensinar etiqueta. E uma criada pessoal. Ela precisaria de alguém para ajudá-la a se vestir. E quanto as suas roupas...?

Que inferno.

Frustrado, Nicholas jogou a pena no chão e saiu de trás da escrivaninha, chiando quando seus ferimentos de estilhaços rasparam em suas calças. Saiu devagar do escritório, grunhindo com o esforço de fazer com que seu corpo traidor se movimentasse, e quase derrubou sra. Tenner no processo.

— Oh! — ela gritou, apertando a bandeja em suas mãos. — Vossa Graça! Estava apenas trazendo seu almoço.

— Onde está minha esposa? — Nicholas perguntou em um quase rosnado, seus pensamentos ainda tomados pelos problemas práticos de ter tomado uma esposa.

— Ora, ela está tomando sua refeição na sala de café da manhã — disse sra. Tenner devagar. — A sala de jantar lhe pareceu grande demais para sentar-se sozinha.

Nicholas fez uma leve careta com a censura em seu tom quando ela disse *sozinha*. Se ele fosse Graça também iria querer um ambiente mais acolhedor. A pequena sala de café da família foi construída para acomodar vinte pessoas, e a sala de jantar para eventos comportava quase cinquenta. Acenando com a cabeça em direção à bandeja, a voz de Nicholas saiu ríspida.

— Almoçarei com minha esposa.

Os olhos de sua governanta se arregalaram:

— É claro, Vossa Graça. Levarei até lá para o senhor.

Nicholas estendeu a mão e arrancou a bandeja dela:

— Posso levar eu mesmo, senhora Tenner.

Ele sabia que a havia surpreendido, mas não esperou pela resposta e se dirigiu para a sala de café da manhã, uma sala alegre onde sua mãe passava a maior parte do tempo quando estava viva. Graça estava sentada à pequena mesa redonda colocada no recanto da enorme janela panorâmica. Ela se assustou quando ele entrou e prontamente deixou cair a colher na sopa quando seus olhos se encontraram:

— Nicholas, eu... é... — A voz dela se embargou enquanto tentava, em vão, tirar a colher do líquido quente sem sujar os dedos.

— Gostaria de uma ajuda? — perguntou ele, obsequioso, colocando a bandeja na mesa.

Graça olhou para a bagunça que havia feito com o guardanapo e seu rosto esquentou. Com destreza, Nicholas usou sua própria colher para retirar o talher que a preocupava. Uma vez retirado, ele habilmente o limpou em seu próprio guardanapo e o devolveu a ela com floreio. Hesitante, ela pegou a colher e olhou de volta para a tigela, encabulada.

— Obrigada — sussurrou, desejando que um buraco se abrisse para engoli-la. Ou, na falta disso, que ele fosse embora logo.

— Posso almoçar com você?

A surpresa a fez erguer de súbito a cabeça quando ele gesticulou para o assento à sua frente.

Esforçando-se para se recompor, Graça assentiu com a cabeça:

— Claro, embora eu não soubesse que era costume um duque trazer o próprio almoço.

Seus lábios se ergueram em um sorriso relutante enquanto ele tomava seu lugar:

— Receio que eu tenha interceptado minha própria refeição.

Finalmente, um sorriso, embora pequeno. Mesmo assim, seu humor melhorou com a visão e correspondeu com um sorriso trêmulo.

Nicholas sentiu o sangue em suas veias esquentar com a visão. Sua esposa era realmente adorável quando sorria.

— Bem, fico feliz que o tenha feito — ela comentou timidamente.

Controlando-se para deixar de lado os pensamentos relacionados aos encantos de sua esposa, Nicholas descobriu o prato e pegou o garfo.

— O que achou de seus quartos?

— Adoráveis. São muito maiores a que estou acostumada. Como sabe, tenho sete irmãs e um irmão, então estou acostumada a espaços pequenos.

Embora estivesse acostumado a ficar perto de muitas pessoas, não conseguia imaginar como era ficar amontoado na casa do reverendo com todos aqueles irmãos.

— Esta casa agora é seu lar — disse Nicholas. — Sinta-se à vontade para fazer as mudanças que achar necessárias. Talvez queira começar pelo piso...

Seus olhos se voltaram de repente para os dele. Ele estava realmente brincando com ela? Ela se esforçou para parecer séria.

— Como certamente já sabe, Nicholas, fiz uma inspeção completa no piso no dia do nosso casamento e tenho o prazer de lhe informar que o achei mais do que adequado.

Ele deu um sorriso e Graça sentiu seu coração disparar. Por Deus, como ele era bonito quando não estava tão sisudo.

Ficaram sentados em silêncio por alguns momentos, prestando atenção no almoço.

— E quanto a você, Nicholas? — perguntou Graça, pegando seu copo de água enquanto terminava de comer. — Voltar para casa deve ter sido difícil.

— Era meu dever — respondeu ele, cortando a comida diante de si. Seu tom cortês a alertou para não prosseguir com o assunto. Não queria discutir com ela ou com qualquer outra pessoa as emoções que o haviam assolado em seu retorno.

Graça se deu um chute em pensamento. Pelo visto o assunto de sua mudança de circunstância era delicado.

— Você cavalga?

Nicholas quase deixou cair o garfo, mas se recuperou tão rápido que ela não notou o súbito tremor em sua mão. Ele não montava desde a noite em que perderam Peter.

— Não.

— Eu também não — suspirou Graça, afastando a tigela. — Nunca tive a oportunidade ou vontade.

Um pouco da tensão se dissipou de seus ombros.

— Então o que você faz?

Um sorriso sonhador cruzou seus lábios:

— Gosto de ler. Detesto bordar. Prefiro estar ao ar livre.

Nicholas ergueu as sobrancelhas. Até onde ele sabia, jovens damas não costumavam passar muito tempo olhando para livros, a menos que fosse para saber dos últimos mexericos na biblioteca circulante.

— Romances? — ele perguntou, interessado de verdade.

Graça assentiu com a cabeça, os olhos brilhando:

— No momento, estou lendo Robinson Crusoé.

Nicholas ficou surpreso:

— Não sabia que esse título costumava ser do apreço de jovens damas.

Graça analisou o rosto dele, perguntando-se se ele a estava repreendendo. No entanto, não parecia haver censura em sua expressão, apenas um interesse educado. Ela respirou fundo e disse a verdade.

— Na verdade, não sou uma dama, como há de saber.

Nicholas franziu o cenho, perguntando-se se aquele seria um bom momento para falar da possibilidade de ensiná-la sobre as responsabilidades de uma duquesa. Em vez disso, ele se viu dizendo:

— Temos uma biblioteca aqui em Blackmore. — Embora fosse improvável que os livros em suas prateleiras lhe dessem alguma ideia sobre seu novo papel, certamente a distrairiam e a impediriam de ficar no seu caminho.

Não que ele quisesse mantê-la feliz...

Os olhos dela se voltaram de repente para os dele:

— Tem mesmo?

Ele assentiu com a cabeça:

— Gostaria de vê-la?

Ela olhou para o prato ainda cheio dele:

— Assim que terminar sua refeição, Vossa Graça. Posso esperar.

Por não estar mais com fome e curioso para saber o que ela acharia da extensa biblioteca de Blackmore quando a visse, ele afastou o prato e se levantou:

— Venha.

Graça correu para o lado dele e, juntos, saíram da sala, o cheiro tentador de jasmim fazendo cócegas em seu nariz. Disfarçadamente, ele inspirou o aroma, olhando para Graça enquanto ela caminhava com cuidado ao seu lado. Seus olhos estavam fixos no chão, sem dúvida para não tropeçar.

Quando enfim chegaram à biblioteca, Nicholas abriu a porta e se afastou, permitindo que Graça entrasse primeiro, então foi logo atrás dela. Ela girou em um círculo lento, com uma expressão impressionada:

— Que lugar lindo — ela sussurrou com reverência. — Nunca vi tantos livros.

Nicholas limpou a garganta, observando em silêncio enquanto ela tocava com carinho as lombadas de couro dos livros à sua frente. Como seria tê-la tocando-o daquela maneira?

Quando Graça enfim se virou de volta para ele, Nicholas ficou impressionado com o puro prazer em sua expressão, a suavidade de seus olhos. Não havia como negar que o prazer dela o fez se sentir vivo outra vez.

— Obrigada, Nicholas. Esse é um presente adorável.

— Considere-o seu presente de casamento — disse ele, ríspido, de repente precisando escapar do enaltecimento exagerado dela. Ele não o merecia. — Preciso voltar ao trabalho.

O brilho em seus olhos sumiu, mas ela assentiu:

— É claro. Eu o verei mais tarde.

Não era uma pergunta, mas ele não respondeu, inclinando a cabeça antes de sair rápido do cômodo.

Talvez a biblioteca a mantivesse entretida por um tempo até ele descobrir o que fazer com ela.

Porque, neste momento, ele não tinha tanta certeza de que estava tão desapegado como quando ela chegou, e não podia se dar ao luxo de envolver seu coração naquilo. O casamento deles não passava de uma transação comercial.

E Nicholas estava determinado a mantê-lo assim. Não se atreveria a fazer com que fosse de outra forma.

Capítulo 8

Graça encarava o teto ornamentado acima de sua cabeça com o coração pesado. Nicholas ainda não viera para sua cama e ela estava começando a se perguntar se algum dia ele viria. Depois dos acontecimentos daquele dia, ela esperava que ele estivesse se acostumando com o fato de estarem casados. Que ela agora era sua esposa.

No entanto, enquanto as sombras se alongavam do dia para a noite, ela jantou a sós pela segunda vez e foi para a cama.

Sozinha.

Pelo visto seu novo marido ainda a estava evitando.

Até o momento, ela não tinha uma criada pessoal e, na verdade, tampouco queria uma, mas teria sido bom ter com quem conversar enquanto se preparava para dormir. Pensou em suas irmãs e na bagunça barulhenta que geralmente as acompanhava quando se retiravam. Seu quarto era inegavelmente bonito, mas estava cercada por um silêncio sufocante.

Graça foi para a cama e se recostou olhando para as sombras no teto. Seria assim para o resto de sua vida? Ela sentiu uma pontada de medo e, em seguida, se repreendeu. Jogando as cobertas para trás, ela se sentou. Não ficaria deitada olhando para o teto quando havia uma biblioteca inteira para explorar no andar de baixo.

Depois de encontrar seu xale, Graça desceu as escadas o mais silenciosamente possível. No meio do caminho, congelou de repente quando sons abafados de gritos vieram do escritório do marido.

Outro grito rasgou o ar, e Graça correu escada abaixo, com o coração na mão. Alguém invadira a casa? Parecia que estavam sendo atacados. De repente, sentiu um nó no estômago ao pensar que Nicholas ainda poderia estar no escritório. Estaria ele naquele instante sendo assassinado?

Sem pensar duas vezes, ela pegou um castiçal de uma pequena mesa decorativa no pé da escada e atravessou rapidamente pelo corredor pouco iluminado até o escritório.

Ao abrir a porta, Graça não encontrou mais ninguém lá além do homem se debatendo na cadeira diante da lareira.

— Não! Não se atreva a morrer, John. Mantenha seus olhos abertos. Olhe para mim, maldição, olhe para mim.

A angústia em suas palavras surpreendeu Graça enquanto ela se dirigia para o lado do marido, aquela cena gerando uma sensação de mal-estar bem na boca do estômago. Nicholas estava tendo um pesadelo e, pelo tormento em seu rosto, ela soube que o que quer que ele estivesse sonhando tinha realmente acontecido.

Seria por isso que ele não tinha ido para a cama dela?

— Tenha cuidado, moça.

Graça se virou para encontrar o valete de Nicholas na porta, seu cabelo ruivo todo espetado. Ela conhecera o escocês no dia anterior e o achou muito simpático.

— Sabe o que está acontecendo?

O olhar sombrio no rosto dele fez seu coração se apertar.

— Ele está tendo um pesadelo. Continuam a atormentá-lo mesmo depois de tanto tempo.

— O que posso fazer para ajudá-lo? — sussurrou ela, ajoelhando-se ao lado da cadeira. Deve ser torturante saber que precisará suportar tanta dor todas as noites ao fechar os olhos.

— Não tem o que fazer — respondeu o escocês aproximando-se da cadeira. — E ele não vai lhe agradecer por vê-lo dessa maneira.

— Não posso deixá-lo assim — disse Graça. Com cuidado, ela colocou a mão na bochecha do marido, sentindo a tensão sob sua palma. Nicholas estremeceu com o toque dela, mas seus olhos não se abriram, seus punhos seguraram a cadeira com força. — Deve haver algo que eu possa fazer — continuou ela, quase à beira das lágrimas.

— Vá embora, moça — respondeu o escocês, com uma expressão perturbada. — Eu o levarei para a cama. São as malditas lembranças que não o deixam em paz. As imagens e os sons que ele suportou não são para os ouvidos de uma dama.

Ele a empurrou com gentileza em direção à porta.

— Ele tem sorte de ter um amigo como você — ela sussurrou.

O outro homem sorriu:

— Ele tem sorte de ter uma mulher como você ao lado dele. Se Deus quiser, ele se dará conta disso antes de estarmos todos de cabelos brancos.

Graça tocou o ombro do homem em agradecimento antes de sair do cômodo com lágrimas escorrendo pelas bochechas enquanto subia as escadas. Talvez seu marido não fosse o homem frio que ela imaginara. Era óbvio que as agonias que ele havia enfrentado culminaram em um sofrimento tão terrível dentro dele. Quiçá o distanciamento no comportamento de Nicholas fosse uma forma de proteção.

Para manter as pessoas afastadas. Para mantê-la afastada.

Tremendo, Graça voltou para a cama, puxando as cobertas até o pescoço. Ela desconhecia os horrores da batalha e se sentia completamente fora de sua alçada. Contudo, estava determinada a fazer algo. Uma coisa havia se tornado bastante clara. Nicholas havia se isolado do mundo e cabia a ela trazê-lo de volta.

Na manhã seguinte, Graça abriu os olhos e viu o marido sentado ao lado da sua cama, já vestido. Em choque, ela se levantou rápido, abraçando a roupa de cama.

— Nicholas? — ela perguntou hesitante quando ele não falou nada. Ela podia ver as olheiras e as linhas de exaustão em seu rosto. Ele tinha a mesma aparência que ela, exausto e cansado dos acontecimentos da noite anterior.

— Soube que a acordei ontem à noite.

Seu tom de voz inexpressivo nada revelava. Graça sentou-se, afastando o cabelo do rosto. Será que ele estava ali para se desculpar? Sem dúvida ele sabia que não havia necessidade.

— Eu não estava dormindo, Nicholas.

— Seja como for, deveria ter ficado em sua cama. Não é apropriado que me veja daquele jeito. — A voz dele era ríspida, e Graça lutou contra a necessidade instintiva de recuar.

Respirando fundo, ela tocou o ombro dele, com o cuidado de manter o toque leve. Reunindo coragem, ela sussurrou:

— É por isso que ainda não veio para a minha cama?

Ele não a olhou nos olhos, embora ela pudesse ver a tensão em sua mandíbula:

— Não hei de sujeitá-la aos meus pesadelos.

Graça saiu da cama e ficou de pé diante do marido sofrido, sem se importar com o fato de que trajava apenas a roupa de dormir. Com ousadia, ela tocou a bochecha dele e o forçou a olhar para ela.

As pupilas dele dilataram, mas ele não respondeu, apenas a encarou inexpressivo. Graça reuniu a coragem que acabara de encontrar para fazer o que tinha de fazer.

— Se me permitir ajudá-lo, eu o farei, do contrário não insistirei, Nicholas. Esses pesadelos não o tornam fraco, mas o destruirão se você assim o permitir.

— Você não sabe nada do mundo — respondeu ele em um tom rígido. — Não pode me ajudar. Não preciso de uma babá. Preciso de uma esposa. Uma que saiba seu lugar.

O tom gélido dele partiu o coração de Graça e ela recuou um pouco, com vontade de rastejar de volta para a cama e se enterrar debaixo das cobertas. Em vez disso, ela se ergueu e, cerrando os punhos, inclinou-se para a frente para pressionar os lábios na bochecha dele.

— Sim, sou sua esposa — começou ela, surpresa por sua voz permanecer firme. — E você é meu marido. Sua dor é a minha dor. Estarei aqui, sempre que precisar de mim.

A respiração aguda de Nicholas disse a Graça que ela o havia pegado desprevenido; ela se endireitou, controlando-se para não o abraçar.

— Quer tomar café da manhã comigo? — perguntou ela, com cuidado, indo até o guarda-roupa onde ficavam seus vestidos.

A única resposta foi a porta se fechando. Graça encostou a testa na madeira fria, com os ombros caídos. Ele a havia procurado, mas apenas para lhe dizer para se meter na vida dela e ficar fora do caminho dele.

Bem, se o marido achava que ela era uma maldita tola, ele estava prestes a se surpreender.

A descoberta de que o marido havia partido sem lhe dirigir uma palavra sequer a deixou soltando fogo pelas ventas. Pela primeira vez desde que se tornara a senhora desse mausoléu, Graça começou a sentir raiva. Ela não havia feito nada para que ele a tratasse daquela maneira. Sua mente conturbada não era desculpa para ter tal comportamento grosseiro.

Ele insinuara que desejava que ela ficasse fora de seu caminho. Bem, sumir para a Escócia sem avisá-la foi certamente uma excelente maneira de enfatizar seu ponto de vista. Ora, se era assim, ela também entraria no jogo dele.

Resolveu tirar o marido mal-educado da cabeça e decidiu que aprenderia tudo o que pudesse da casa da qual agora era senhora e, talvez, um pouco a respeito do que se esperava dela. Nas duas semanas seguintes, ela explorou a casa de cima a baixo, conhecendo todos os seus cantos e recantos escondidos. Quando não estava explorando, ela passava a maior parte do tempo na biblioteca, lendo a respeito da história de Blackmore. Os ambientes da casa eram claramente muito antigos e tinham mais do que o seu quinhão de lendas macabras.

Ela também escreveu para o marido, perguntando da sua saúde e dizendo que sentia falta da companhia dele.

Depois de descobrir tudo o que podia da sua nova casa, Graça decidiu explorar o terreno, que era muito mais extenso do que ela imaginava. Felizmente, o tempo permaneceu quente e ensolarado, e ela desfrutou de muitas horas passeando pelos jardins clássicos e aprendendo sobre as ervas na horta. Quando se cansou, ficou lendo sob sua árvore favorita no pomar.

Escreveu outra vez para o marido, perguntando de sua saúde e, dessa vez, manifestando preocupação com o fato de ele ficar longe de Blackmore e da esposa por tanto tempo.

Não recebeu resposta nem confirmação de recebimento de nenhuma das duas cartas e, quando um mês inteiro se passou sem nenhuma notícia, Graça enfim se cansou. Ficou bastante claro que seu marido não se importava nem um pouco com ela e não estava disposto a demonstrar nem mesmo a menor consideração ou cortesia que lhe cabia como sua esposa e duquesa.

Se Nicholas achava que ela não era boa o suficiente para ser sua esposa, então de que adiantava tentar ser algo diferente do que era? Ela poderia ser agora a duquesa de Blackmore, mas seu marido claramente não a considerava como tal. Bem, ela ainda era Graça Shackleford e nem morta tentaria mudar para agradar a um homem que claramente não tinha interesse nela.

Se e quando ele quisesse sua ajuda, ela a daria de bom grado, mas, até lá, não tentaria mais ser algo que não era.

Em vez de procurar se vestir com algo que agradasse ao marido na eventualidade de ele voltar, Graça vestiu seu vestido mais confortável e desceu as escadas para escrever uma carta para as irmãs.

Capítulo 9

O reverendo Shackleford estava preocupado. Temia muito que a filha mais velha tivesse perdido as estribeiras de uma vez por todas. Ela parecia ter deixado de lado qualquer senso de decoro e agora andava solta pelo campo, com suas irmãs atrás dela, como se não estivesse nem aí para nada.

O reverendo tinha certeza de que a ausência do marido era o principal motivo de seu comportamento desordeiro e, se o duque decidisse voltar, essa selvageria cessaria no mesmo instante. O problema é que isso também poderia fazer com que a filha fosse mandada embora com uma mão na frente e outra atrás. Suspirando, o reverendo Shackleford viu que todas as suas esperanças estavam prestes a irem por água abaixo. Ele não podia nem mesmo repreender Graça, já que agora ela estava em uma posição acima da dele.

Ele precisava fazer algo. O problema é que ele não tinha ideia do quê. Deveria escrever uma carta para o genro pedindo que ele voltasse imediatamente para Blackmore? Poderia um mero clérigo pedir que um duque fizesse algo?

Estava com um enorme abacaxi nas mãos, disso ele tinha certeza. Até o momento, ele havia conseguido esconder de Agnes a triste situação, o que não havia sido muito difícil, já que ela geralmente só se mudava do sofá para a cama e, até agora, não havia questionado o motivo do silêncio repentino que reinava na casa durante a maior parte do dia. O problema era que, dali a dois dias, o pequeno Anthony teria sua tarde mensal com a mamãe, e era certo que a catástrofe seria revelada. De nada adiantaria inventar uma história, ela sentiria o cheiro de um Conto da Cantuária a um quilômetro de distância.

Se Agnes descobrisse o que estava acontecendo, sua vida viraria um inferno. Levantou-se e resolveu procurar Percy. Duas cabeças pensam melhor do que uma, e ele sempre parecia ter seus melhores planos enquanto conversava com seu coadjutor. O Red Lion garantiria total privacidade enquanto elaborassem uma estratégia. Chamou Freddy e saiu correndo da casa antes que Agnes pudesse pedir seus sais.

Duas horas e três canecas de cerveja depois, nenhum dos dois havia pensado em nada de útil. O reverendo estava começando a achar que sua única opção seria trancar as oito filhas no quarto até que o marido de Graça decidisse voltar para casa. No entanto, isso não impediria que os fofoqueiros fossem criticá-la assim que Sua Graça voltasse a pisar em Blackmore. Isso se os detalhes sórdidos já não tivessem chegado a ele na Escócia. O reverendo sentiu seu colarinho se apertar desconfortavelmente ao pensar no que o duque faria quando descobrisse o que acontecia em sua casa.

O que eles precisavam era de algo para substituir os mexericos. Algo que chamasse mais atenção do que a preocupação que tinham agora com o comportamento escandaloso da duquesa de Blackmore.

— Poderíamos pagar alguém para sequestrá-la? — Percy soltou em seu desespero quando o silêncio ficou insuportável.

O reverendo fez uma pausa com a cerveja a meio caminho da boca. Encarando suas profundezas âmbar, seus olhos se estreitaram de uma forma que fez com que a torta de carne recém-consumida se agitasse ameaçadoramente no estômago de Percy.

Graça prendeu outra vez os longos cabelos em sua fita enquanto corria pela lateral da casa em direção à cozinha. Estava com calor, cansada e na esperança de que a cozinheira, sra. Higgins, tivesse feito uma de suas deliciosas limonadas. Ansiava para passar uma meia hora tranquila na cozinha antes de se vestir para o jantar — um costume que ela ainda achava muito enfadonho. Ainda mais quando fazia todas as refeições da noite sozinha, em silêncio, tendo apenas um livro como companhia.

Embora no começo a governanta tivesse expressado sua desaprovação quanto à ideia de uma duquesa passar algum tempo na cozinha, Graça sabia que no fundo tanto a sra. Tenner quanto a sra. Higgins gostavam de sua companhia e, nos últimos dois meses, ela passou muitas horas aprendendo a cozinhar e a cuidar de uma casa. Ainda que a última fosse certamente uma habilidade desejada para a senhora de uma casa tão grande, como duquesa, ela não precisava da habilidade anterior. Dito isso, se ela ao menos conseguisse persuadir o marido a expulsá-la, ela poderia cuidar de si mesma e de suas irmãs. A ideia de ter uma pequena casa em algum lugar com as irmãs estava se tornando cada vez mais atraente. Muito mais do que viver uma vida solitária em uma casa tão grande.

Com o passar das semanas sem qualquer notícia de Nicholas, enfim aceitou que a intenção do marido era que ela fosse sua esposa apenas no papel, que ele nem sequer tinha o intuito de permitir qualquer proximidade entre eles. Se lhe fosse negado o consolo de ter filhos, decidiu que faria tudo que podia para garantir um futuro em outro lugar. Ela sabia que seria muito improvável que o Duque de Blackmore se divorciasse dela, dado o escândalo que isso causaria ao nome de sua família, mas se continuasse com o que vinha fazendo agora, ele certamente desejaria que ela ficasse fora de sua vista.

Para isso, ela contou com a ajuda de seus irmãos e, juntos, eles se envolveram em todos os tipos de atividades duvidosas o mais publicamente possível, na esperança de que a notícia de sua conduta chegasse aos ouvidos do marido. Hoje, os nove se esconderam em uma carroça de feno, saltaram e quase causaram um ataque do coração no fazendeiro desavisado quando ele começou a descarregar.

Até agora, infelizmente, embora elas fossem claramente o assunto do vilarejo, o mexerico não parecia ter ido mais longe, e Graça não tinha ideia do que mais poderia fazer para chamar a atenção do marido ausente.

Entrou na acolhedora penumbra da cozinha, aproveitando o descanso do calor. O clima de julho continuava quente demais, e Graça se abanou com força com o lenço quando se sentou à mesa da cozinha. A sra. Higgins estalou a língua em reprovação ao ver o estado desgrenhado da patroa enquanto limpava as mãos no avental e servia uma limonada refrescante para a jovem. A sra. Tenner não estava lá e, ao olhar para si mesma, Graça ficou grata pela governanta não estar presente para ver o estado desleixado da duquesa de Blackmore. Escovando os pedaços de feno que se agarravam teimosamente às suas saias, ela não pôde deixar de se perguntar se enfim havia ido longe demais em seus esforços. Por sorte, não havia mais nenhum criado presente e, de repente, incrivelmente envergonhada, ela terminou rápido sua bebida e tentou ficar um pouco mais apresentável antes que Huntley a visse. Sabia que o mordomo não perderia tempo em relatar seu comportamento escandaloso ao patrão — caso Nicholas se dignasse a voltar para casa. No entanto, ela realmente gostava do mordomo idoso e não queria que ele pensasse mal dela. Contudo, ao passar na ponta dos pés pela despensa do mordomo, temeu que já tivesse ido longe demais.

— Senhor, não tenho certeza se isso é uma boa ideia. — Percy estava se esforçando para cobrir o rosto com sua gravata. — Quero dizer, me parece muito difícil que o Todo-Poderoso aprove nosso plano.

— O Senhor ajuda aqueles que se ajudam — ofegou o reverendo, enquanto se enfiava em uma jaqueta de lã que pinicava e que ele havia "pegado emprestado" do seu único funcionário do estábulo.

— Mas, senhor, e se ela tiver um ataque do coração? Tenho certeza de que o Todo-Poderoso não aprovaria isso.

— Minha filha não é delicada assim, Percy, e talvez um pequeno susto a convença a se comportar de maneira digna e de acordo com sua posição.

— Não me parece que colocar um saco na cabeça dela e arrastá-la de seu quarto seja um pequeno susto — protestou Percy, para irritação do reverendo.

Embora tivesse que admitir que estava tomando medidas desesperadas, quando soube da última façanha das filhas, o reverendo Shackleford deu-se conta de que estava na hora de resolver o problema com suas próprias mãos.

No momento, estavam trancafiados no escritório do reverendo, esperando o sol se pôr. Em seguida, tentariam se esgueirar para fora da paróquia sem que ninguém percebesse, embora, a julgar pelo barulho no andar de cima, sair sem serem vistos seria uma façanha por si só. Cada um deles estava tomando um pouco de conhaque fortificante, que o reverendo insistia ser puramente medicinal e que provavelmente não os levaria para o andar de baixo, junto com o tinhoso, uma vez que trajem um paletó de madeira.

— Pelo menos não mais do que sequestrar a própria filha — Percy murmurou para si mesmo, seu tom sombrio.

O reverendo Shackleford preferiu ignorar o súbito ataque de nervos de seu coadjutor, decidindo se concentrar nos pontos mais delicados de seu plano. Isto é, segundo os pensamentos que guardara para si, nos pontos que provavelmente os colocariam em apuros.

— Não se esqueça, Percy, de que devemos pegá-la de surpresa quando ela se retirar para seu quarto.

— Mas como diabos vamos entrar no quarto dela? — A expletiva de Percy mostrou a extensão de sua agitação, e o reverendo estava começando a temer que seu coadjutor não estivesse apto para o trabalho.

— Deixe isso comigo, rapaz — respondeu calmamente, antes de beber o resto de seu conhaque. — Apenas siga minhas orientações.

— Freddy, senta. — O reverendo pegou um grande osso de pernil que roubara da cozinha mais cedo, confiante de que isso proporcionaria a distração necessária para dissuadir o cão de caça de segui-los.

Dez minutos depois, estavam pegando um atalho pelos campos em direção a Blackmore. Embora ninguém os tivesse visto sair, a apreensão levou o reverendo a pisar em um grande cocô de vaca. Um forte cheiro de esterco os acompanhou quando se aproximaram da mansão sombreada.

— Vamos dar a volta pela lateral — aconselhou o reverendo ao seu coadjutor em um sussurro alto. — Graça me informou que a empregada da copa costuma deixar a porta do porão aberta para se encontrar com seu amado.

Percy olhou para o reverendo com uma expressão escandalizada:

— Mas que pouca vergonha — ele disse baixinho. — Como é que a duquesa permite esse tipo de comportamento sob seu teto?

O reverendo bufou:

— Estamos falando da mesma duquesa que foi vista pela última vez saindo de uma carroça de feno? — Ele balançou a cabeça e suspirou. — Creio que minha filha queria que eu falasse com o patife em questão e o convencesse a se casar com sua criada. Temo que o coração de Graça seja muito mole.

Ele apontou para uma alcova sombreada e, sem mais palavras, os dois homens foram na ponta dos pés em direção a um conjunto de degraus escuros.

A sorte estava do lado deles quando encontraram o caminho acima das escadas. O salão estava escuro, com a única luz de velas estrategicamente posicionada lançando sombras fantásticas sobre as paredes. Todos os lugares estavam silenciosos e Percy começou a suar ao pensar que podiam ser pegos em uma posição tão comprometedora. Pior ainda, havia o cheiro forte de estrume das botas do reverendo e, olhando para trás, Percy podia ver um rastro de manchas marrom-escuras.

— Senhor — ele sussurrou com urgência, com a intenção de implorar ao seu superior que esquecesse aquele plano maluco imediatamente. No entanto, o reverendo ergueu a mão para pedir silêncio, e o gesto fez com que as palavras de Percy ficassem presas em sua garganta.

— Creio que Graça deve estar na sala de jantar da família — sussurrou o reverendo, animado.

— Não sabemos onde fica — sibilou Percy, nada empolgado. — E também não sabemos onde fica o quarto de dormir dela.

O reverendo olhou para seu coadjutor com uma expressão de desaprovação. Essa era a segunda vez em poucas horas que seu coadjutor tentava desencorajá-lo. Uma ocorrência até então inédita.

— Cale-se, Percy — ele sussurrou —, não é hora de ficar cheio de tolices. Esperaremos nas sombras sob as escadas até que ela se dirija ao seu quarto e depois a seguiremos. Simples.

O olhar amedrontado de Percy indicava que não era nada simples, e o reverendo sabia que, se o seu coadjutor decidisse fugir, os dois estariam em maus lençóis.

— Coragem, homem — ele sibilou, pegando o braço de Percy e guiando-o para uma área de escuridão. — Ninguém nos verá aqui.

Antes que Percy pudesse repetir suas preocupações em relação ao rastro de esterco que haviam deixado para trás, uma porta se abriu no final do corredor e passos leves vieram em direção a eles. Era Graça. Ela passou por eles sem detectar sua presença, mas parou ao chegar ao final da escada, levantando a cabeça e farejando com o cenho franzido.

— Ela sentiu o cheiro da merda de vaca em que você pisou... senhor — sussurrou Percy, nervoso. O reverendo começou a transpirar. Seu coadjutor estava prestes a fugir. Tinha essa sensação muito clara. Decidindo que era agora ou nunca, ele apressou-se em amarrar a gravata no rosto e saiu do esconderijo, balançando o saco no ar. Graça só teve tempo de se virar para eles antes que ele jogasse o saco sobre a cabeça dela e gritasse:

— Me ajude, seu palerma.

Percy fez uma pausa e, de repente, saiu correndo e gritando:

— Seu dinheiro ou sua vida! — fazendo com que o reverendo ficasse olhando para ele de boca aberta, agora enfim atordoado.

— Que diabos está fazendo, papai? — As palavras indignadas de Graça fizeram com que os dois se voltassem confusos para a prisioneira, cuja cabeça ainda estava coberta pelo saco.

Capítulo 10

Nicholas abriu a porta da carruagem e saiu, estremecendo ao sentir a fisgada de seus ferimentos em seus músculos. Depois de dois meses longe de Blackmore, ele se viu ansioso ainda que a contragosto para rever a esposa.

Sua ausência havia sido explicada como uma necessidade de visitar sua propriedade na Escócia. Nicholas sabia que não estava enganando ninguém, mas precisava se distanciar um pouco de sua esposa tão intuitiva.

Infelizmente, nem a distância nem a determinação de se dedicar ao trabalho impediram que seus pensamentos diurnos se voltassem repetidamente para a visão da esposa em suas roupas íntimas. Disse a si mesmo que esses pensamentos carnais eram perfeitamente compreensíveis, já que fazia anos que ele não via uma mulher com tão pouca roupa, mas, embora isso fosse verdade, nunca havia pensado em uma mulher além da satisfação inicial de uma necessidade.

Malcolm o havia repreendido em várias ocasiões por sua fuga apressada, principalmente por não ter deixado nenhum aviso para a esposa. O escocês só teve tempo de escrever um breve bilhete para sra. Tenner ao sair, mas não pôde esclarecer quanto tempo o duque pretendia ficar fora.

Nicholas se sentiu culpado por ter saído sem falar com Graça, mas o escocês não tinha ideia de como tinha sido embaraçoso saber que Graça o vira em seu pior. Pela primeira vez, ele ficou grato por seu valete estar bem atrás dele no dia seguinte.

Teria que encarar Graça em relação ao ocorrido, e Nicholas não tinha ideia do que dizer. Para piorar a situação, ele não havia respondido a nenhuma das cartas dela e não havia enviado nenhuma palavra sobre seu retorno iminente, de modo que sua chegada repentina pegaria sua esposa completamente de surpresa.

Ainda assim, já estava tarde, portanto, com sorte, aquela conversa ao menos esperaria até o amanhecer. Sem querer despertar o mordomo idoso, Nicholas dispensou o cocheiro e se dirigiu a uma porta lateral que usava com frequência quando era um rapazote, geralmente quando ele e Peter queriam entrar e sair sem serem vistos. Ao passar devagar pela estufa, seus pensamentos se voltaram mais uma vez para a esposa, como de costume. Com muita frequência, ele bem sabia. Ele a imaginou em seu quarto e, sem querer, sentiu um aperto nas calças que nada tinha a ver com os ferimentos. Que diabos iria fazer? Até agora, não tinha feito nada além de pensar. Talvez devesse ter simplesmente permanecido em suas propriedades na Escócia, mas só de pensar em nunca mais ver Graça sentia um nó na boca do estômago.

De repente, o silêncio foi quebrado por gritos distantes. Franzindo a testa, ele sacou a pistola que carregava como uma precaução necessária para viagens longas e acelerou o passo. Ao entrar na casa principal pelo saguão, caminhou silenciosamente pela cozinha e pela sala de jantar para eventos. Ele podia ouvir vozes vindas do salão principal, mas a gritaria havia cessado.

Abriu a porta da sala de jantar com o pé e deu uma olhadela com cuidado pelo canto até onde ficava o início da escada, onde estavam sua esposa, ainda vestida para o jantar, o pai dela, vestido com uma jaqueta de lã ridícula que era claramente três números menor e parecia ter sido usada pela última vez em um estábulo, e um homem magro e com cara de fuinha que Nicholas nunca tinha visto. Os três estavam discutindo.

— Que diabos está acontecendo aqui? — Sua voz gélida interrompeu a discussão do trio e o silêncio foi repentino e absoluto quando ele entrou no saguão. Ele ouviu a respiração rápida e inspirada da esposa ao ver sua aparição repentina, antes que ela se apressasse em disfarçar a surpresa. Calmamente, ela deu um passo à frente, com a cabeça erguida.

— Marido — ela o cumprimentou com frieza —, não mandou notícias de sua chegada. Acordarei a senhora Higgins e pedirei um lanche para você.

Ele teve um momento para observar como sua esposa estava bonita e como estava vestida de forma despretensiosa. Certamente não estava usando roupas condizentes com sua posição. Seu cabelo estava amarrado para trás com uma fita simples, e seu vestido claramente já tinha visto dias melhores. Ele franziu a testa, pego de surpresa.

— Peço desculpas, madame. — Ele fez uma breve reverência formal para acompanhar suas palavras frias. — Não sabia que estava com visitas.

— Eles já estavam de saída — comentou Graça, lançando um breve olhar de soslaio para o pai. — Vossa Graça, acho que ainda não conhece o coadjutor da propriedade Blackmore. Este é senhor Percy Noon.

— Às suas ordens, Vossa Graça. — A voz do pequeno homem era quase inaudível quando ele fez uma reverência floreada e desajeitada. Parecia estar pronto para sair correndo.

Nicholas inclinou a cabeça de leve em resposta antes de se voltar para a esposa.

— Por favor, não se incomode, madame. Minha jornada foi longa e árdua, e estou extremamente cansado. Minha intenção era tomar um conhaque em meu escritório antes de ir direto para a cama. Mais uma vez, peço desculpas por interromper sua noite. Conversaremos amanhã.

— Reverendo, senhor Noon. — Ele acenou educadamente com a cabeça para os dois homens e começou a caminhar em direção ao seu escritório. Quando estava prestes a abrir a porta, ele se virou com outra careta. — Que diabos é esse cheiro horrível?

— Eu é... quero dizer, Percy teve a infelicidade de pisar em um cocô de vaca particularmente grande no caminho para cá, Vossa Graça — desculpou-se o reverendo, ignorando o olhar horrorizado do coadjutor. — É claro que nos certificaremos de que a área afetada fique livre deste odor desagradável antes de partirmos.

O duque ergueu as sobrancelhas, olhando para Graça, para o pai dela e para o coadjutor, que agora parecia estar prestes a dar à luz uma ninhada de gatinhos. Ficou claro que havia muito mais ali do que aparentava, mas estava cansado demais para tentar entender do que se tratava. Ele balançou a cabeça e se virou para abrir a porta do escritório.

— Bem, isso é o que eu chamo de aparição indesejada — murmurou o reverendo, estremecendo quando a porta do escritório foi fechada com força.

Graça esperou pela convocação que sabia que viria do marido assim que fosse informado do que ela havia feito em sua ausência. Sua determinação de forçá-lo a deixá-la de lado, que parecia tão prática enquanto ele estava fora, agora parecia infantil e ridícula.

Ainda não havia descoberto a motivação por trás do aparecimento repentino do pai na noite passada empunhando um grande saco. Ele permaneceu calado enquanto limpava a bagunça nojenta no chão, e Percy parecia incapaz de falar.

Ansiosa, andava de um lado para o outro em seu quarto, não queria se aventurar a sair até que fosse chamada. A essa altura, suas irmãs saberiam que o duque havia retornado e, sem dúvida, estariam ansiosas à espera de notícias dela a respeito do que o marido pretendia fazer.

Enfim, houve uma batida pesada na porta de seu quarto. Com um nó no estômago, ela disse:

— Entre. — E ficou olhando com medo caso Nicholas estivesse do outro lado. Em vez disso, para seu alívio, era Huntley.

— Vossa Graça — ele disse com uma pequena reverência —, o duque pediu-lhe a gentileza de ir até ele na sala de visitas.

Engolindo em seco, Graça conseguiu acenar graciosamente com a cabeça, como convinha à sua posição. Um pouco tarde demais, ela não pôde deixar de pensar enquanto seguia o mordomo em direção às escadas.

Seu marido estava de pé em frente à janela quando ela entrou na sala de estar, a luz do sol lançando um tom quase azulado em seus cabelos. Ele acenou para que ela se sentasse em frente à lareira, onde um fogo crepitante brilhava apesar do calor. *Pelo visto estava preparando-a para o fogo do inferno*, Graça não pôde deixar de pensar, sentindo gotas de suor pontilharem sua testa enquanto ela se sentava o mais longe possível das chamas.

Nicholas olhou com um suspiro para a lareira acesa enquanto se sentava em frente a ela.

— Ao que tudo indica, os empregados da casa acham que sou feito de porcelana — disse ele, irônico.

Graça esforçou-se para abrir um sorriso polido, se perguntando se seu rosto estava prestes a lhe expor. Seu coração batia tão forte que ela temia que estivesse prestes a explodir. Tentou pensar em algo para dizer, mas nada lhe veio à mente. Sua calma a deixou de vez enquanto olhava sem palavras para o rosto belo e severo do marido. Um breve alívio veio quando a porta se abriu e Huntley entrou com uma bandeja de chá e biscoitos, que ele colocou na frente dela.

Graça permaneceu imóvel no local mesmo quando o mordomo se retirou, fechando a porta suavemente ao sair.

— Poderia fazer a gentileza de servir? — Nicholas perguntou depois de alguns instantes, levantando as sobrancelhas diante do silêncio contínuo dela.

— É claro — Graça concordou baixinho, saindo de seu transe. Sua mão tremia enquanto ela colocava o leite nas xícaras. Ela queria se jogar aos pés dele e implorar para que não a mandasse embora. Todos os seus planos formidáveis foram reduzidos a nada quando ela pôde ver os belos olhos atormentados dele outra vez.

O comportamento dela durante a ausência dele havia sido imperdoável. Mas agora era tarde, tarde demais para voltar atrás.

Ela se deu conta de que ele estava falando, com uma voz rouca e formal.

— Antes de tudo, Graça, gostaria de me desculpar por ter saído tão de repente.

Ela o encarou aturdida, com a xícara a meio caminho da boca.

— Foi imperdoável de minha parte deixá-la tão cedo após nosso casamento. Especialmente se levarmos em conta o fato de que tem pouco conhecimento quanto à administração de um estabelecimento tão grande como este, e com tão poucos criados para ajudá-la.

Ele limpou a garganta, confundindo o silêncio contínuo dela com censura:

— Tanto a senhora Tenner quanto a senhora Higgins me informaram sobre seus esforços nesse sentido, e Huntley também a encheu de elogios. — Ele fez uma pausa outra vez, apenas o aperto de sua mandíbula dando qualquer indicação do quão difícil era para ele admitir aquilo.

Graça apenas encarou-o de boca aberta.

— Tenho a intenção de empregar mais funcionários na administração da casa — ele continuou —, incluindo a contratação de uma criada pessoal para você assim que voltarmos de Londres.

— Londres? — foi tudo o que Graça conseguiu dizer debilmente.

— Já passou da hora de eu lhe comprar roupas novas — ele respondeu baixinho. — Roupas condizentes com sua posição de duquesa. Embora meus modos não tenham sido os melhores desde que nos casamos, tenho plena consciência da necessidade de apresentar-se da maneira correta ao mundo, e o fato de não estar conseguindo fazer isso é inteiramente culpa minha. — Ele balançou a cabeça pesarosamente antes de continuar: — Por favor, perdoe-me, esposa, por fazer com que caluniassem sua vestimenta, contudo qualquer pessoa de qualquer estirpe tem de ser perdoada por pensar que você é uma criada rural que acabou de cair de um fardo de feno.

Graça mal viu o marido antes da viagem para a casa dele em Londres. Na verdade, mal viu alguém. Foi fácil alegar o desejo de ter tempo para se preparar para as delícias que a capital tinha a oferecer, e Nicholas ficou feliz em atendê-la, claramente pensando que ela estava apenas um pouco nervosa. No entanto, com tanto a fazer para preparar a propriedade para sua segunda ausência em tantos meses, ele se contentou em deixá-la em paz. Haveria oportunidades mais do que suficientes para que passassem algum tempo juntos quando chegassem a Londres.

Na verdade, Graça não estava nervosa. Estava apavorada. Embora fosse muito grata aos criados por não terem falado mal dela, vivia com um medo abjeto de que outra pessoa pudesse esclarecer seu marido. O fato de que sua situação era inteiramente culpa dela não ajudava em nada. Por que, ah, por que ela tinha de ser tão impulsiva? Nicholas não foi ao seu quarto e ela não sabia se ficava aliviada ou se lamentava. Se os pesadelos o estavam incomodando, ele não deixava transparecer, por ora, ela se contentou em permitir que Malcolm cuidasse dele.

A única vez que ela se aventurou a sair de casa foi para almoçar com a família na paróquia. Era a única oportunidade que tinha de falar com as irmãs. Antes do almoço, conseguiu conversar com as mais velhas e explicar o que havia acontecido, mas apenas Tempy parecia ter plena consciência da corda bamba em que sua irmã estava. As outras pareciam ver o último mês como uma simples brincadeira e estavam mais interessadas na possibilidade de Graça ir a bailes, saraus e no número de vestidos novos que seu marido compraria para ela. A mentalidade tola delas apenas enfatizava o quanto ela havia sido insensata. Durante o almoço, suas irmãs discutiram se teriam permissão para visitar a irmã em Londres, e Agnes tagarelou com uma voz aguda sobre o clube que admitia tanto homens quanto mulheres, o Almack's, até Graça ter vontade de gritar.

Por fim, em desespero, ela se voltou para o pai, que estava excepcionalmente silencioso, e expressou o desejo de falar com ele em particular. Depois de alguns segundos tentando inventar uma desculpa, o reverendo suspirou e concordou com uma audiência particular em seu escritório. Na mesa, Agnes cobriu uma risadinha com a mão como se já soubesse o motivo, claramente pensando que se tratava de alguma notícia feliz...

Uma olhada no rosto da filha quando entraram no escritório fez com que o reverendo se apressasse em pegar a garrafa de conhaque.

— O que vou fazer, pai? — lamentou ela. — Achei que se ele me largasse, poderia viver uma vida sozinha.

O reverendo cuspiu o conhaque e olhou para ela horrorizado:

— Fez papel de tola de propósito? De todas as malditas ideias malucas. E pensar que eu realmente planejei sequestrá-la para salvá-la de si mesma.

Foi a vez de Graça olhar para o pai. Dessa vez, com uma descrença horrorizada.

— Ainda assim — continuou o reverendo, recuperando seu otimismo alegre —, não há mal algum. Você claramente recuperou o juízo, e todos nós fazemos coisas tolas quando somos jovens. — Ele ignorou completamente o fato de que sua última tolice havia sido há poucos dias atrás.

A confissão do pai dela, na verdade, foi uma boa coisa para Graça. Fez com que ela percebesse que só lhe restava confiar em si mesma. Sua principal preocupação ao se despedir da família era se ela havia herdado a tendência do pai de ser impulsivo demais e não lá muto competente. Ela temia que essa preocupação fosse bem fundamentada, dada a sua tendência de sempre se envolver em asneiras sem pensar antes.

Capítulo 11

Graça ainda estava pensando se havia herdado a propensão do pai para se envolver em travessuras tolas enquanto a carruagem ia de Devonshire para Wiltshire. Se as circunstâncias fossem outras, estaria animada, ainda mais porque nunca tinha ido além do Porto de Dartmouth, mas, como parecia ser frequente ultimamente, seus pensamentos estavam voltados para tentar descobrir como se livrar dos problemas criados por ela mesma.

Graça se deu conta de que Nicholas estava falando com ela.

— Está se sentindo bem?

Ela piscou os olhos:

— Claro que sim. Estou bem.

Ele estreitou o olhar:

— Não parece.

A boca dela se fechou em uma careta:

— Por que não?

Nicholas acenou com a cabeça para o livro em seu colo:

— Você ainda não abriu seu livro.

Graça olhou para baixo, seus dedos traçando a capa de couro, e Nicholas de repente sentiu o desejo de tomar o lugar do livro em seu colo.

— Estava olhando a paisagem. Nunca fui para além de Dartmouth.

Embora acreditasse em suas palavras, ele ainda tinha uma sensação chata de que algo a estava incomodando. Ela estava extremamente pálida; se não soubesse da impossibilidade, perguntaria se ela estava grávida. Mas como ainda não haviam consumado o casamento, era de se esperar que a ansiedade dela estivesse relacionada a outra coisa.

Ele suspirou e continuou:

— Como sabe, Graça, estive fora do país por alguns anos e, consequentemente, meu conhecimento da sociedade inglesa e suas excentricidades talvez não seja dos melhores. — Suas palavras foram concisas e diretas, de tal forma que Graça pôde sentir seu desagrado. — Normalmente, eu não me preocuparia com isso. Não tenho interesse em saber dos últimos mexericos e, a meu ver, a maioria dos membros da alta sociedade é vaidosa e egocêntrica. — Graça observou em silêncio enquanto Nicholas passava a mão no rosto. — Dito isso, independentemente de meus sentimentos particulares, você se casou com uma das famílias mais importantes da Inglaterra e, portanto, é necessário que seja apresentada como minha duquesa e ocupe seu lugar na sociedade.

"Fomos convidados para um baile beneficente em prol dos heróis navais. — O rosto dele se contorceu em um sorriso forçado, e Graça sentiu seu coração se apertar. — Aparentemente, será o ponto alto da temporada de Londres. Recebi uma súplica especial de um bom amigo para que participássemos, e minha relutante aquiescência é um favor a ele, e somente a ele."

Nicholas fez uma pausa, claramente esperando para ver se sua esposa queria fazer algum comentário. Infelizmente, Graça estava tão atordoada com o medo de ser o centro das atenções em uma ocasião tão ilustre que não conseguiria falar nem se sua vida dependesse disso. Franzindo a testa, ele continuou:

— Apesar da minha relutância em comparecer ao evento, o baile será o cenário perfeito para sua primeira aparição pública.

Seguiu-se um silêncio e Graça percebeu que o marido havia terminado e agora a olhava com curiosidade. Era óbvio que ele esperava que ela demonstrasse pelo menos um pouco de empolgação com a ideia de ir ao seu primeiro baile. Respirando fundo, ela abriu a boca para falar, mas nada saiu. Tudo o que ela conseguia pensar era na possibilidade de tropeçar, até mesmo de cair da escada, de ser motivo de chacota. E, por Deus, o que aconteceria se todos ficassem sabendo de suas façanhas selvagens em Devonshire?

Nicholas ainda estava esperando que ela dissesse algo e, finalmente, Graça limpou a garganta e conseguiu falar, embora temesse que sua voz saísse forçada:

— Estou em dívida com o senhor, Vossa Graça. Como filha de um clérigo, eu não poderia participar de uma ocasião tão importante. Aguardarei ansiosamente e, é claro, contarei a minhas irmãs o máximo de detalhes possível. Elas certamente ficarão na expectativa. — Ela voltou a ficar em silêncio, sentindo como se seu coração estivesse prestes a explodir em mil pedacinhos.

Nicholas observou enquanto a esposa continuava a olhar com determinação pela janela da carruagem a paisagem que passava. Seu rosto continuava pálido e tenso, e estava claro, apesar das palavras que haviam saído de sua boca, que ela não queria ir ao baile. Será que se opunha à presença dele ao seu lado? Ou estaria ela com medo de estar fora de sua alçada? Ele tamborilou os dedos no joelho, tenso. Nicholas detestava Londres. Quando sua mãe estava viva, iam para todas as temporadas em Londres com ela, seu pai optando por ir a cavalo, ela lhes contava histórias de sua infância na capital. Embora o duque não quisesse que sua esposa mimasse os filhos, a duquesa os levava pelo menos uma vez durante suas viagens para apreciar a cidade.

No entanto, depois que a mãe deles morreu, o pai ainda exigia que fossem a Londres. Os bons momentos que a duquesa planejava não existiam mais e, em vez disso, Nicholas e Peter passavam longas horas no escritório do pai, observando como ele interagia com seu administrador e advogado para cuidar da propriedade.

E agora essa propriedade era dele.

Nicholas inspirou fundo. Não queria ir para Londres, mas não teve escolha. Ele havia sido tristemente negligente com relação à sua esposa. Por mais que abominasse o costume, ele precisava apresentar Graça à alta sociedade. E precisava dar a ela instrução e vesti-la de acordo com sua posição. Suas roupas seriam providenciadas durante sua breve estadia em Londres, e ele se esforçaria para encontrar uma acompanhante que fosse adequada como confidente e também fornecesse a instrução necessária para a nova posição de sua esposa. Quando retornassem a Blackmore, ele procuraria contratar uma equipe completa para garantir o bom funcionamento da propriedade.

Independentemente do que ele queria ou pensava, sabia que era seu dever garantir que Graça estivesse satisfeita e fosse capaz de se manter na sociedade sem envergonhar o nome da família Sinclair.

Ao comparecer ao baile beneficente, ele também estava retribuindo um favor ao homem que o havia tomado sob sua proteção no início de sua carreira naval e, por isso, aguentaria os olhares e sussurros que quase certamente viriam.

Observando as mãos de sua esposa se fecharem e se soltarem repetidamente, ele de repente percebeu que ela não estava com medo; estava apavorada. Franzindo a testa, ele se inclinou para a frente e ficou satisfeito ao notar que ela não se encolheu. Portanto, não era da presença dele que ela estava com medo.

— Sei que talvez nosso casamento não tenha sido o ideal até agora, mas posso lhe garantir que é meu desejo sincero que fiquemos bem juntos. — Sua voz saiu rouca enquanto ele se forçava a continuar: — Como sabe, sou um homem reservado, mas talvez possamos encontrar alguns pontos em comum para garantir que nossa união seja tolerável para nós dois.

Graça limpou a garganta e, por um segundo, pareceu que iria começar a chorar. Nicholas se repreendeu em pensamento. Sua declaração não tinha sido romântica. Mas ele não tinha qualquer intenção de que amor entrasse na equação.

Quando Graça enfim respondeu, sua voz era baixa, quase um sussurro:

— Muito generoso de sua parte, Nicholas.

Nicholas não se sentiu generoso, na verdade, sentiu-se um crápula, mas não continuou com aquela conversa, decidindo que o silêncio era melhor do que piorar as coisas com suas tentativas desajeitadas de conversa fiada. Apenas duas horas mais tarde, quando o crepúsculo chegava, pararam em frente a uma estalagem na qual Nicholas já reservara dois quartos para passarem a noite.

Quando já estava escuro e estavam confortavelmente instalados em uma sala de jantar privativa, Graça saboreava com gratidão uma taça de vinho quente, enquanto o duque optou por sua dose generosa de conhaque de sempre. Alguns minutos depois, a refeição foi servida. Um farto ensopado de carneiro seguido de uma torta de maçã recém-assada. Uma refeição simples, mas agradável.

Apesar de seu desespero de antes, Graça estava morrendo de fome. Talvez fosse por causa da terceira taça de vinho quente, mas começou a se sentir um pouco mais à vontade. Ela nunca havia sido uma criatura tão medrosa, com medo de sua própria sombra.

Seu marido ainda poderia deixá-la, mas não havia razão para supor que suas atividades nos confins de Devonshire se tornariam um mexerico cruel na alta sociedade. Ela tomou um gole de vinho refletindo sobre seu problema. Caso conseguisse sair ilesa dessa situação, era necessário que controlasse sua natureza impulsiva e, de alguma forma, fizesse com que o duque se orgulhasse dela. Graça olhou de relance para o marido. Seu rosto estava insuportavelmente belo à luz da tocha e sem a habitual carranca. Ela sabia que ele certamente chamaria a atenção das mulheres da alta sociedade, talvez até mesmo arrumasse uma amante. Graça sentiu um incômodo que nunca sentira antes ao pensar em outra mulher em sua cama. Ela supunha que ele não estaria propenso a passar a noite inteira com nenhuma rameira, termo que ouvira seu pai usar mais de uma vez, do contrário seus pesadelos seriam um problema.

Embora Graça não ignorasse por completo os assuntos da carne, ela também não tinha plena certeza das ações fundamentais que resultavam na produção de um bebê. Acaso um homem se comportava de forma diferente quando não estava querendo gerar um filho? E uma mulher? Ela franziu a testa, pegando sua taça de vinho, mas para a sua decepção a encontrou vazia.

— Creio que talvez seja hora de se retirar, Graça. Se beber outra taça de vinho, talvez eu mesmo tenha que colocá-la na cama.
— A voz de Nicholas estava incomumente suave, com um sorriso tranquilo que tirava a frieza de suas palavras.

Graça corou se perguntando se o marido poderia ler seus pensamentos. Meu Deus, ele era lindo quando sorria. Seu pulso se acelerou enquanto ela o olhava impotente, sem nenhuma resposta rápida em seus lábios. Ela se perguntou como seria ser beijada por aqueles lábios. Seria essa uma parte necessária da criação de um filho? Ela se lembrava de ter ouvido a copeira de Blackmore falar sobre beijar o tratador de cavalos. A camareira, com quem ela estava conversando, ficou chocada e ameaçou contar à sra. Higgins. Graça não ficou para ouvir o resto da conversa, mas enviou uma carta ao pai pedindo sua ajuda para facilitar o curso do amor verdadeiro e garantir que o tratador de cavalos fizesse a coisa certa.

Ela se deu conta de que Nicholas havia se levantado da mesa e agora estava em pé ao seu lado. Franzindo a testa, ela olhou para ele. Será que ele a considerava incapaz de ir sozinha até seus aposentos? Mesmo assim, ela pegou a mão que ele lhe ofereceu e começou a se levantar. A sala começou a se inclinar de um jeito assustador e, em pânico, ela se agarrou ao braço do marido. Sem mais delongas, ele a levantou como se ela fosse uma simples criança, ao que tudo indicava, sem nenhum esforço.

— Nicholas, seus ferimentos — protestou Graça, enquanto tentava entender por que o cômodo estava girando.

— Não se preocupe, esposa, você é leve como uma pena. Não vai piorar meus ferimentos. — Por alguma razão, a voz dele estava rouca e ela olhou com curiosidade para os olhos dele, que estranhamente pareciam estar brilhando. Suspirando, ela se rendeu à maravilhosa sensação de segurança que o abraço dele provocava e descansou a cabeça em seu peito enquanto ele a carregava pela escada particular até o quarto deles. Uma vez do lado de fora da porta, ele a colocou gentilmente de pé, segurando suas mãos para firmá-la.

— Ainda está se sentindo mal? — perguntou ele, seu tom calmo. Ela se perguntou se ele estava com raiva dela e olhou para cima com receio, apenas para ser surpreendida pelos olhos azuis risonhos dele. O que ele diria se ela lhe pedisse para ajudá-la a vestir a roupa de dormir? Será que ele a beijaria? Graça olhou fixamente para os olhos dele enquanto o riso se desprendia devagar deles, deixando o mesmo brilho desconcertante. Hipnotizada, ela levantou a mão e passou os dedos de leve pelos lábios cheios do marido, sentindo sua súbita respiração entrecortada em resposta. Devagar, ela se levantou na ponta dos pés e ergueu o rosto até o dele sem deixar dúvidas quanto ao seu desejo. Com um gemido baixo, Nicholas obedeceu, envolvendo-a em um abraço esmagador, a boca dele se abrindo sobre a dela em um beijo feroz e loucamente excitante. Mesmo com a cabeça longe, Graça reconheceu que aquilo não era nada parecido com a descrição da copeira e, quando um calor incomum começou a percorrê-la, ela se pressionou contra a dureza íntima do corpo do marido, desejando não sabia bem o quê. Ele respondeu com uma palmada em suas nádegas, pressionando-a contra sua rígida excitação até que ela gemeu em puro desejo instintivo e primitivo.

Depois do que pareceu uma eternidade, Nicholas ergueu a cabeça e olhou para os olhos dela, cheios de curiosidade lânguida. Por ele. Com um gemido, ele a afastou de si. Foi a coisa mais difícil que já havia feito, mas não poderia se aproveitar dela bêbada, mesmo sendo seu marido.

— Graça — ele respirou com dificuldade —, se continuarmos com isso, temo que não conseguirei parar, e essa não é a introdução que você merece aos prazeres do leito conjugal.

Graça olhou para ele confusa. Ela queria pegar a mão dele, puxá-lo com ela para o quarto de dormir, mas o convite sedutor que brilhava nos olhos dele antes havia desaparecido. Seu coração afundou e ela olhou de volta para o chão, humilhada por ter parecido tão devassa nos braços dele. Nicholas a empurrou gentilmente em direção ao seu quarto. Ela não olhou para trás enquanto entrava devagar e fechava a porta.

Capítulo 12

— Não!

Graça levantou-se quando ouviu o grito em seus sonhos e sua atenção foi imediatamente para a porta de conexão entre os dois quartos. Nicholas estava tendo outro pesadelo.

Com o coração na boca, Graça afastou o cabelo do rosto enquanto esperava para ver se o grito se repetiria.

Ela não tinha ideia do que fazer. Malcolm não estava ali, tendo viajado para a casa dos Sinclair em Londres um dia antes para se preparar para a chegada deles.

— Não... por favor, não... olhe para mim, John, concentre-se em mim...

Dessa vez, suas palavras foram gritadas, a angústia era palpável, e Graça temia que fossem ouvidas por outros hóspedes da pousada. Não podia deixar Nicholas lidar com isso sozinho.

Em silêncio, ela saiu da cama e vestiu seu roupão. Pegando uma vela, ela abriu a porta entre os dois quartos e viu o homem que se debatia enquanto dormia na cama. Colocando a vela em uma pequena mesa ao lado da cama, ela se inclinou para a frente e tocou a testa úmida do marido. Ele soltou um gemido gutural baixinho, e ela desejou poder aliviar a dor. Em vez disso, ela o ajudou a desvencilhar suas pernas dos lençóis que o prendiam.

Ela nunca tinha visto o corpo nu dele, mas agora não era hora de analisá-lo, enquanto acariciava a testa dele, sempre atenta aos punhos cerrados na cama.

— Deus, não o deixe morrer. Por favor, não o deixe morrer.

Os gritos de angústia dele partiram seu coração.

— Nicholas — disse ela baixinho, seus dedos percorrendo o rosto dele. — Nicholas, acorde. É apenas um sonho.

Quando seus olhos se abriram, estavam turvos e vidrados. Graça manteve seu toque leve enquanto o observava sair de seu pesadelo.

— Graça? — sussurrou ele, com dificuldade, e seus olhos enfim focalizaram o rosto dela.

— Estou aqui — sussurrou ela, encostando a mão no peito dele, o coração batia rápido sob sua pele.

Graça esperava que o marido a dispensasse imediatamente, mas, em vez disso, ele levantou a mão e tocou a bochecha dela quase maravilhado:

— Talvez você seja a minha graça — murmurou baixinho e a puxou de repente de modo que ficasse quase em cima dele. Ela guinchou de surpresa, mas não teve tempo de se afastar quando a boca dele a beijou com voracidade. Com um pequeno gemido, ela se rendeu, envolvendo os braços em seu pescoço, enquanto as mãos dele acariciavam suas costas e suas laterais com um anseio imperioso. O desejo o invadiu como um fogo selvagem quando ele a virou de costas, as bocas ainda ligadas em um beijo ardente.

A boca dele parecia devorar a dela, e Graça retribuiu os beijos com o mesmo fervor, as mãos percorrendo quase impacientemente o peitoral forte dele. O corpo dele ainda estava quente, os músculos do tórax eram duros e enrijecidos, com uma pequena quantidade de pelos que descem até a misteriosa área sombria entre as pernas. Os lábios dele deslizaram pela linha da mandíbula e desceram pelo pescoço dela enquanto seus dedos trabalhavam nas fitas que mantinham a camisola dela unida, por fim abrindo o material fino e expondo os seios da esposa às suas mãos exploradoras.

Voltando a boca para a dela com um pequeno gemido, ele esfregou o mamilo entre os dedos, sentindo-o endurecer contra a palma da mão. Afastando a boca, ele inclinou a cabeça para o botão duro e o tomou com cuidado entre os lábios. Ofegando com a enxurrada de sensações que se abateu entre suas pernas, Graça arqueou as costas e passou os dedos pelos cabelos pretos dele, segurando sua cabeça com um desejo desesperado. Ele dedicou a mesma atenção ao outro seio dela até que Graça estivesse gemendo e ofegando inquieta, seu corpo instintivamente se impulsionando ao encontro do dele.

Devagar, sem tirar a atenção dos seios dela, Nicholas deslizou a mão pela parte interna da sua coxa. Graça estava tão perdida na sensação que não pensou em nada até que os dedos dele encontraram seu centro. Arfando, seus olhos se abriram pouco antes de ele cobrir sua boca com a dele, beijando-a com uma fome selvagem e estonteante até que ela se rendeu, suas pernas se abriram enquanto os dedos dele trabalhavam no núcleo dolorido dela, que sentia uma pressão crescente diferente de qualquer outra que ela já havia experimentado antes.

— Sim — ele respirou contra a bochecha dela. — Isso mesmo, Graça.

Ela gritou quando seu corpo se sacudiu, uma explosão de calor se espalhando por seus membros. O que quer que Nicholas tivesse acabado de fazer, a sensação era maravilhosa.

Graça pressionou a testa contra o ombro de Nicholas, o corpo tremendo.

— Acabou?

O corpo dele estremeceu com o riso.

— Não, minha duquesa, não acabou.

Ah, meu Deus.

— Quer que eu continue? — Graça olhou com admiração para o marido. Embora sua voz estivesse rouca de paixão, parecia haver uma calma nele que não existia antes.

— Sim — ela sussurrou sem fôlego. — Por favor, continue.

Graça agarrou-se aos ombros fortes dele quando ele se ergueu sobre ela. Ela o sentiu afastar suas pernas e uma súbita dureza pressionar sua entrada. Seus olhos se abriram quando ela sentiu a mesma dureza começar a penetrá-la com cuidado. Olhando com medo para o rosto dele, ela mal reconheceu suas feições rijas de paixão.

— Não tenha medo, Graça — ele sussurrou com a voz rouca. — O desconforto será apenas por um instante. — Rapidamente, ele mergulhou fundo dentro dela, tirando sua virgindade. Graça gritou com o susto, tentando se afastar.

Segurando-a firme contra si, Nicholas tremia com o esforço de permanecer imóvel. Acariciando os cabelos dela, ele acalmou a esposa como faria com um potro não domado e, em seguida, começou a depositar beijos rápidos e suaves no rosto dela quando a sentiu começar a relaxar. Devagar, ele começou a se mover, deslizando parcialmente para dentro e para fora do incrível calor dela, com o rosto tenso pelo esforço de se conter. Aos poucos, ela começou a acompanhá-lo, a cada estocada, até que ela arqueou os quadris em direção a ele, seus gritos o encorajando a finalmente mergulhar todo o seu comprimento dentro dela.

Graça sentiu o prazer latejante aumentar e aumentar até irromper em uma explosão que arrancou um grito alto de sua garganta. Nicholas tomou a boca da esposa com a sua, beijando-a quase desesperadamente enquanto dava um último impulso e se juntava a ela no doce esquecimento.

Não havia mais como negar: ela agora era sua esposa em todos os sentidos.

Com medo de esmagá-la, Nicholas rolou para o lado, levando Graça com ele. Quando enfim conseguiu recuperar o fôlego, olhou para a esposa, maravilhado com a sensação de tê-la em seus braços. Seus ferimentos latejavam devido ao esforço, mas, pela primeira vez, a constatação o fez sorrir. Era uma dor boa.

Ficaram deitados em silêncio por um tempo, Graça se deleitando com a sensação de estar nos braços do marido. Pela primeira vez, ela se sentiu como uma esposa de verdade. Ao léu, ela traçou as cicatrizes no peito dele, depois se repreendeu quando ele enrijeceu e respirou fundo.

— Perdoe-me — disse ela baixinho. — Não quero lhe causar mais dor. Só quero entender. — Ela não retirou a mão, mas prendeu a respiração, esperando para ver o que o marido faria.

Nicholas estremeceu outra vez sob o toque dela, mas não se afastou, e Graça soltou a respiração aos poucos, aconchegando-se mais perto enquanto o frio começava a se infiltrar depois de seus esforços.

Olhando para ela, Nicholas estendeu a mão para puxar as cobertas sobre os dois.

— Precisa de um cobertor?

Graça sorriu com a boca no ombro dele.

— Obrigada por sua preocupação, marido, mas já o tenho. — Ela o sentiu, em vez de ouvi-lo, dar uma risadinha, e saber que o duque teimoso e bonito tinha um lado mais leve a encheu de alegria e parecia um bom presságio para o futuro deles. Talvez agora mesmo ela já estivesse grávida.

Se ao menos ele compartilhasse com ela seu tormento e lhe contasse de seus pesadelos. Entretanto, ela não queria estragar o momento com suas perguntas, então se contentou em apenas passar a mão de leve pelas feridas cicatrizadas em seu peito.

Para sua surpresa, depois de alguns minutos, ele falou, embora suas palavras mal passassem de um sussurro.

— Não fui sempre assim. — Graça olhou para cima, mas ele estava encarando a escuridão.

"Deixei Blackmore com quinze anos. — Sua voz era impassível, como se estivesse contando a história de outra pessoa. — Sem dúvida você deve saber que meu irmão morreu em um acidente de cavalo pouco antes de eu partir. O que talvez não saiba é que meu pai me culpou pela morte dele. — Graça respirou fundo, mas não falou nada. — Foi ideia minha montar nossos cavalos estrada afora debaixo de uma chuva torrencial. Por mais que meu irmão fosse o mais velho por minutos, sempre fazia tudo o que eu sugeria. O que meu pai não percebeu foi que *eu* mesmo me culpava pela morte dele. — Ela o sentiu balançar a cabeça. — Ou talvez meu pai não se importasse. Ele não suportava me ver, então fui embora. Era um rapazote inocente na época.

"Não acabei morto em uma vala graças a um homem que já era um capitão da Marinha Real e estava a caminho de Plymouth para embarcar em seu navio. Ele me levou junto, e me alistei como aspirante. Quase imediatamente, partimos para o Mediterrâneo. — Nicholas fez uma pausa e Graça sentiu que ele a olhava. — Sabe algo da guerra contra os franceses e espanhóis? Creio não ser algo que a maioria das damas com uma disposição sensível acharia particularmente interessante."

— Já deveria saber que não sou particularmente sensível e que gosto muito de ler — respondeu Graça com rispidez. — Meu conhecimento, sem dúvida, não é vasto, mas acredito saber o suficiente. — Ela suavizou a voz. — Por favor, continue, Nicholas.

— A guerra contra Napoleão ainda está em andamento, mas tivemos uma vitória crucial em outubro passado.

— Trafalgar — sussurrou Graça.

Ela o sentiu acenar com a cabeça.

— Sim, Trafalgar. Não precisa saber o que aconteceu antes, Graça, mas eu subi na hierarquia muito rápido, demonstrando uma aptidão para a liderança que meu mentor, de alguma forma, viu em mim quando eu ainda era um rapazote. — A voz dele agora continha um traço de amargura, e Graça sentiu o coração se apertar, mas não sabia como confortá-lo, ou se ele aceitaria caso ela o fizesse.

"Passei toda a minha carreira naval lutando primeiro contra os franceses, depois contra os espanhóis e, quando a frota britânica partiu para Cádis, estava à frente do meu próprio navio. — Ela o sentiu engolir em seco e quase não ousou respirar temendo que ele parasse de falar.

"Estávamos em grande desvantagem numérica em relação às frotas francesa e espanhola, mas o almirante Nelson não era reverenciado por todos à toa. Ele era um mestre tático e deu a ordem de navegar a frota em duas colunas diretamente contra o inimigo, pegando-o completamente desprevenido. Apenas os navios à frente estavam bem na linha de fogo. — Sua boca se contorceu enquanto Graça esperava sem fôlego para ouvir o que acontecera.

"Tive a honra de ir no HMS Victory até a linha de frente. Meu navio foi alvo de fogo pesado quando nos aproximamos e perdi quase metade da minha tripulação... incluindo um menino de dez anos. — Ele parou de falar. Graça pôde sentir o peito dele tremer um pouco e se deu conta, dolorosamente, que seu marido forte e severo estava chorando. Seus próprios olhos se encheram de lágrimas em resposta. Ela não conseguia nem imaginar os horrores pelos quais ele havia passado."

— Por favor, Nicholas — seu sussurro saiu entrecortado —, não precisa continuar se não quiser.

— Os gritos — continuou Nicholas, como se ela não tivesse dito nada — foram a pior parte. Isso e a fumaça. Havia membros decepados espalhados pelo convés, e o sangue tornava o chão escorregadio.

"John tinha acabado de comemorar seu décimo aniversário. Havia sido promovido a grumete, ajudando na cozinha do navio. Se tivesse ficado lá, estaria seguro. — Graça sentiu as mãos de seu marido se fecharem e, com uma solidariedade muda, cobriu o punho dele com a mão. — Uma bala de canhão de um navio francês atingiu bem perto de onde eu estava, e caí no convés, meu corpo perfurado por lascas de madeira em uma centena de lugares, mas John, maldita seja sua desobediência naquele dia, estava mais perto do local, e as duas pernas dele foram atingidas. Consegui me aproximar a tempo de vê-lo morrer em meus braços."

Ele respirou fundo:

— Malcolm era meu marujo. Ele salvou minha vida. Embora às vezes eu desejasse que não o tivesse feito. — Sua voz se tornou objetiva. — O estratagema de Nelson garantiu que a linha francesa e espanhola fosse dividida em três partes, e os navios da frota britânica que não afundaram puderam eliminá-los um a um. Como sem dúvida você já sabe, a batalha foi uma vitória gloriosa, embora tenha custado a vida de Nelson.

"No final, eu tive a sorte de meu navio não ter afundado e conseguimos nos arrastar até Gibraltar, onde meus ferimentos e os dos meus homens que sobreviveram foram tratados. Minhas lesões eram tamanhas que rapidamente ficou claro que minha carreira na Marinha Real havia terminado e eu não tinha ideia do que iria fazer."

Ele olhou para ela, que encontrou seus olhos:

— Foi quando recebi a notícia da morte de meu pai. O velho maldito enfim me fez um favor, porque eu não tinha para onde ir.

Capítulo 13

No mesmo dia, em Londres, o *Morning Post* noticiou que o duque de Blackmore, que voltou a pouco de Trafalgar devido aos graves ferimentos sofridos durante a batalha, estaria, pela primeira vez, residindo em sua casa em Londres até o final da temporada. Também estaria presente sua esposa, sua Graça, a duquesa de Blackmore, que faria sua apresentação formal à sociedade em um baile a ser oferecido pelo marquês de Blanchford em homenagem aos heróis navais que retornaram recentemente. O jornal concluiu observando que a apresentação oficial da duquesa de Blackmore à sociedade em um evento como esse era de fato muito apropriada.

A alta sociedade de Londres digeriu a notícia com diferentes graus de empolgação. Nicholas Sinclair, pelo que se sabe, não frequentava a alta sociedade desde que era um rapazote. Muitos rumores o rondavam, desde quanto aos ferimentos que ele havia sofrido até o motivo de ter se casado tão rápido ao voltar à Inglaterra. A teoria mais popular era a de que o duque sofrera ferimentos horríveis no rosto e pelo corpo que o deixaram medonho e, portanto, inadequado para se casar com qualquer dama de alta estirpe. Essa foi, é claro, a razão pela qual ele escolheu se casar com a filha de um clérigo local.

As salas de visitas de Londres estavam cheias de mamães casamenteiras e suas filhas especulando com um prazer amedrontador a respeito do quão repugnante o duque ficara. E se sua nova duquesa era sem sal ou se também tinha algum tipo de deformação.

Como era de se esperar, ninguém enviou mensagens educadas recusando o convite para o próximo baile do marquês de Blanchford para os heróis navais.

É claro que Graça não tinha ideia de que os mexericos corriam soltos pelo *Beau Monde* (elite) de Londres. Se soubesse, não teria tanta certeza de que seus recentes delitos não chegariam aos ouvidos da alta sociedade.

Em vez disso, ela acordou nos braços de seu marido, que fez amor com ela pela segunda vez de uma maneira muito satisfatória. Para Graça, a confissão de Nicholas durante a madrugada foi semelhante a ele declarar seu amor por ela. Em sua ingenuidade, acreditava que nada poderia se interpor entre eles; que estavam imunes a qualquer mexerico.

Nicholas, por outro lado, só havia informado os fatos à esposa. Ainda não havia lhe contado a causa principal de seus pesadelos. A verdadeira razão pela qual ele acordava suando e chorando noite após noite, o motivo pelo qual tinha tanto medo de abrir o coração ou de permitir que alguém se aproximasse demais.

A causa, na verdade, era sua completa e total angústia por não ter conseguido salvar seu único filho.

A carruagem do duque e da duquesa de Blackmore chegou à casa deles em Grosvenor Square tarde da noite. Assim, só foram vistos por alguns dos criados da praça que ainda cumpriam alguns de seus afazeres naquele horário. Nicholas desceu primeiro, tomando o cuidado de se firmar bem antes de pegar a mão de Graça.

Ele permaneceu em silêncio enquanto subiam as escadas juntos, a porta se abriu exatamente no momento em que chegaram ao último degrau.

Ao entrar na casa, que não via desde a juventude, Nicholas logo foi tomado pela sensação fria e distante que acompanhara suas visitas após a morte da mãe.

Ele percebeu que Graça estava segurando seu braço enquanto olhava ao redor.

— É adorável, Nicholas — disse ela em voz baixa. — Um pouco sombrio, mas ainda assim encantador.

— Bem-vindo ao lar, Vossa Graça. Meu nome é Bailey. — O mordomo era mais velho do que Huntley e, ao sorrir para ele, Graça ficou preocupada com a possibilidade de ele se desequilibrar e cair a qualquer momento. Ela olhou para Nicholas e soltou seu braço. Não pôde deixar de notar que o jeito descontraído de seu marido havia desaparecido. Em vez disso, ela estava ao lado de um estranho frio. Ela franziu a testa, sentindo seu coração se apertar. O duque tirou o casaco, o entregou ao mordomo idoso e depois se virou para olhar para ela.

— O lugar é seu para fazer dele o que quiser — disse Nicholas com um tom indiferente.

Por alguma razão, Graça percebeu que o marido não tinha amor por essa casa. Antes que ela pudesse fazer outro comentário, uma mulher alta e magra se juntou a eles, oferecendo uma reverência rápida e um sorriso largo, deixando Graça imediatamente à vontade.

— Bem-vindo, Vossa Graça. Sou a senhora Jenks, sua governanta.

Nicholas acenou com a cabeça.

— Poderia preparar uma ceia com frios na pequena sala de estar? Não comemos desde o almoço. — Sra. Jenks assentiu e foi mostrar o caminho para sua senhora.

— Meu valete já chegou?

— Ele está cuidando dos seus aposentos, Vossa Graça — informou-lhe a sra. Jenks. Em seguida, ela fez uma pausa antes de continuar, hesitante. — Como deve saber, Vossa Graça, estamos com poucos criados. O velho duque... seu pai... não queria manter mais do que um número simbólico de criados, pois raramente se aventurava a vir a Londres em seus últimos anos.

Nicholas acenou outra vez com a cabeça:

— Tenho a intenção de resolver essa falta o mais rápido possível. Precisarei que um quadro completo de criados seja mantido o tempo todo. O primeiro deles será uma criada pessoal para minha esposa. Discutiremos os requisitos amanhã em meu escritório.

Sra. Jenks sorriu outra vez, claramente aliviada:

— Por favor me acompanhe, Vossa Graça.

Graça sorriu com gratidão para a governanta e a seguiu até a escada. A única luz vinha das velas que tremulavam em arandelas nas paredes, enfatizando a atmosfera sombria. A pequena sala de estar, entretanto, era muito mais acolhedora. Estava decorada em tons variados de verde-claro que claramente tinham recebido um toque feminino.

— Este era o cômodo favorito da minha mãe. — Ela se virou quando Nicholas entrou pela porta atrás dela. Graça acenou com a cabeça e olhou em volta satisfeita.

— Sua mãe claramente tinha muito bom gosto. Não quero soar grosseira, Nicholas, mas se o resto da casa fosse decorado assim, seria extremamente agradável.

— Minha mãe não teve a oportunidade de redecorar o resto da casa antes de morrer, e meu pai não tinha tempo para pensar nisso. Para ele, esta casa era apenas um lugar para ficar quando tinha negócios em Londres.

Graça franziu a testa, sentando-se no sofá mais próximo da lareira e tirando a capa:

— Seu pai deve ter sido um homem muito infeliz — ela murmurou.

— Espero que tenha sido mesmo. — Graça estremeceu diante da amargura na voz do marido e se arrependeu de ter tocado no assunto. Não parecia haver mais nada a dizer, e eles caíram em um silêncio um pouco desconfortável enquanto esperavam que a ceia com frios fosse servida. Graça acomodou-se nas almofadas de veludo, contentando-se com olhares furtivos para as feições sombrias do marido. Por fim, não suportou mais o silêncio tenso e estava prestes a pedir que Nicholas lhe mostrasse onde era o quarto. Felizmente, no momento em que ela estava limpando a garganta para fazer o pedido, a porta se abriu para a entrada da sra. Jenks e de uma jovem que carregava uma bandeja quase tão grande quanto ela. Lutando contra a vontade de se levantar e ajudar, Graça se forçou a permanecer sentada, sabendo que sua ajuda não seria bem-vinda. Ela permaneceu imóvel até que os criados saíram, fecharam a porta, e Nicholas pediu-lhe para servir o chá.

Na verdade, Nicholas estava muito apreensivo. Não tivera a intenção de contar tudo aquilo à esposa, mas não pôde se conter quando foi tomado por um desejo irresistível de desabafar. Embora talvez não fosse uma beleza convencional, Graça tinha uma doçura difícil de ignorar. O que ela diria se soubesse de toda a verdade?

Que seu marido havia tido um filho fora do casamento com uma mulher que fazia cestos para viver e que morrera ao dar à luz?

Durante dez longos anos, Nicholas pagou o sustento do filho, visitando John sempre que estava no porto, até que o menino tivesse idade suficiente para acompanhar o pai no mar.

Até sua morte.

Nicholas fechou os olhos, afastando as lembranças com uma prática agonizante. Ninguém sabia que o grumete era seu filho. Nem mesmo o próprio John.

Porém, pela primeira vez, ele se sentiu tentado a confessar toda a história. Desesperado para que outra viva alma entendesse a profundidade de sua dor.

Será que Graça se afastaria dele ou lhe proporcionaria o conforto e a absolvição de que tanto ansiava?

E esse era o principal motivo de seu medo. Querendo ele ou não, teve de reconhecer que sua esposa vinha se tornando muito mais do que um simples meio para um fim.

Graça estremeceu pela enésima vez quando a costureira com um alfinete afiado em vez de acertar o tecido espetou sua pele na lateral, e forçou-se a não se mexer para que a mulher não a espetasse outra vez. Passara a maior parte do dia de pé em um bloco, coberta com mais tecido do que jamais havia visto em sua vida. Vestidos de passeio — em uma grande variedade de cores, é claro; trajes de montaria — apesar de ela não saber montar; vestidos de baile — pelo menos meia dúzia — ainda que, até onde Graça sabia, ela só iria a um baile; chapéus; xales; luvas; sapatos. A lista era interminável. Na opinião de Graça, aquilo tudo era um desperdício colossal de dinheiro.

Ela seguiu as instruções da costureira de maneira instintiva, e então voltou a pensar em Nicholas. Embora fosse ao seu quarto para fazer amor com ela todas as noites, ele ainda não tinha ficado até a manhã seguinte. Seu marido continuava a incendiar nela uma paixão que antes ela julgava impossível, levando-a sempre a alturas vertiginosas com seus beijos selvagens e carícias íntimas, antes de levá-la e a ele mesmo a uma satisfação estremecedora. Contudo, uma vez saciado o desejo, ele sempre lhe dava boa-noite e voltava para seu quarto.

Embora tenha acordado mais de uma vez com gritos e lamentos distantes, ela permanecia em sua cama, entendendo que Nicholas preferia distanciá-la de seu tormento. Ainda assim, ficava cada vez mais difícil suprimir a mágoa por ele preferir Malcolm à própria esposa para aliviar seu sofrimento. Depois da conversa na estalagem, tinha muita esperança de que ele viria até ela. Mas a distância parecia maior do que nunca. Ela desejava que a proximidade entre eles fosse para além do quarto, mas não tinha ideia de como superar o abismo que persistia entre eles.

Ela suspirou. Talvez isso aconteça em seu devido tempo.

Estavam há cinco dias em Londres e, embora agora tivessem um quadro completo de criados domésticos, incluindo uma criada pessoal agradável, embora tagarela, que se deliciava em contar os últimos mexericos à patroa, ainda não tinham saído da casa sombria da cidade. Graça sabia que Nicholas estava ocupado demais para mostrar a ela os pontos turísticos de Londres, mas também não haviam recebido nenhum visitante e, ainda que a ideia de receber visitas a enchesse de receio, ela estranhara que, dada a posição social deles, ninguém nem sequer havia deixado um cartão.

— *Très magnifique*. — As palavras satisfeitas a trouxeram de volta ao presente e, ao se olhar no espelho de corpo inteiro, Graça não conseguiu reprimir a pura emoção feminina que sentiu ao ver que a modista francesa a havia envolvido no mais belo tecido dourado cintilante anunciando com o pouco inglês que falava:

— Este serrá o modelo para a aprresentação da madame. Estarrá deslumbrrante.

Isso é, se ela não se transformasse em uma almofada de alfinetes humana até lá.

— *Voilà*, pode se retirrarr, Vossa Graça.

Finalmente.

Graça deu um suspiro de alívio enquanto esperava que a costureira retirasse o tecido dela e pegasse seu vestido, sentindo-se um pouco melhor quando o colocou outra vez. Ela supunha que deveria estar grata por não ter caído do bloco enquanto a mulher a cutucava.

— Ficará pronto a tempo para o baile?

A mulher assentiu com a cabeça, entregando o tecido à sua assistente:

— *Bien sûr*. É claro, madame.

Graça deu uma olhada no relógio. Dentro de uma hora estaria comendo aperitivos junto com uma dama bem-educada, embora aparentemente sem dinheiro, que Nicholas pensava em contratar como sua acompanhante. Assim que soube, Graça olhou para o marido horrorizada. Então deu-se conta de que ele estava apenas tentando aprimorar a educação dela quanto aos hábitos da alta sociedade londrina, para que ela não se tornasse uma completa boba da corte — certamente uma possibilidade muito forte,

Graça tinha que admitir. No entanto, parecia-lhe que ele estava empregando alguém para ficar de olho nela.

Com a consciência pesada enquanto se dirigia ao compromisso das cinco horas, Graça se deu conta de que estivera pensando em seus excessos anteriores ao fazer esse julgamento do marido. Sra. Jenks a informou de que sua convidada — Lady Felicity Beaumont — chegara e fora colocada na pequena sala de estar.

Na verdade, Graça logo viu que o marido estava sendo muito compreensivo ao permitir que entrevistasse a srta. Beaumont sozinha, portanto, era imperativo que ela não o decepcionasse. Endireitando a postura, Graça exibiu um sorriso determinado e acenou para que Bailey abrisse a porta.

— Sua Graça, a duquesa de Bla...

Suas palavras foram interrompidas quando Graça deu um passo à frente, prendeu o salto na franja de um tapete e caiu de cara no chão.

Capítulo 14

Graça ficou imóvel por alguns segundos, morrendo de vergonha. Seu constrangimento era tamanho que ela se perguntou se deveria simplesmente ficar ali deitada até que alguém viesse levá-la para sua cama, onde permaneceria até ter pelo menos noventa anos.

— A primeira regra da alta sociedade, minha querida, é que se for criar um escândalo, certifique-se de fazê-lo com estilo. — Graça olhou para a dona da voz autoritária, embora ligeiramente seca, ao seu lado.

— Creio que há de ter torcido o pé, no mínimo — continuou a pequena dama, sua voz agora firme e confiante. — O tapete em questão é claramente um perigo e deve ser removido imediatamente.

Graça conseguiu se ajoelhar, dando um pequeno sorriso de desculpas para Bailey, que estava ansioso ao seu lado, antes de se voltar para a dama que ainda a observava com curiosidade.

— Temo que a culpa não tenha sido desse tapete em particular, madame, e sim da minha tendência a tropeçar em todo e qualquer obstáculo possível, seja ele grande ou pequeno.

— Ao que me parece, minha versão do ocorrido é muito melhor, minha querida — argumentou a dama, que só poderia ser a srta. Beaumont.

Ao se levantar, Graça abriu um sorriso triste:

— Receio que não seja muito boa em contar inverdades.

— Então os membros da alta sociedade certamente farão picadinho da senhora, Vossa Graça.

Piscando diante da análise direta de sua convidada a respeito da nobreza da qual ela agora também fazia parte, Graça enfim se esforçou para se recompor e se lembrar de seus modos.

— Por favor, sente-se, senhorita Beaumont. Não era minha intenção demonstrar o quanto preciso de aconselhamento, pelo menos não em nosso primeiro encontro. Senhora Jenks nos trará um chá em breve.

A srta. Beaumont soltou uma gargalhada:

— Bem, a senhora sem dúvida tem inteligência, mas pode não ser o suficiente para fazê-la passar ilesa pelos comentários e mexericos maliciosos que provavelmente estão circulando agora mesmo pelas salas de visitas de Londres.

A resposta de Graça teve de esperar a sra. Jenks trazer uma bandeja com chá e pequenos sanduíches de pepino.

Graça sorriu para a governanta em agradecimento, antes de olhar para os sanduíches, achando que seria muito improvável que impedissem seu estômago de roncar até o jantar. No entanto, ela não deu nenhuma indicação desta sua preocupação e conseguiu desempenhar suas funções de anfitriã com a desenvoltura necessária fazendo com que a srta. Beaumont acenasse com a cabeça em sinal de aprovação.

Sentindo-se um pouco mais confortável com a pequena, embora claramente formidável, dama sentada à sua frente, Graça respirou fundo, decidida em expressar suas preocupações:

— Posso lhe fazer uma pergunta, senhorita Beaumont?

— Felicity, por favor, Vossa Graça, e com certeza.

— O mexerico de que falou. É por isso que não recebemos nenhuma visita?

Sua companheira balançou a cabeça negativamente tomando um gole de seu chá.

— Muito improvável, minha querida. Na verdade, quanto mais suculento o mexerico, maior a probabilidade de sua porta da frente precisar ser substituída até o final da temporada. Não, Vossa Senhoria, o motivo mais provável pelo qual ainda não recebeu nenhuma visita é simplesmente porque quase não há damas da mesma estirpe que a senhora. Sem dúvida, estão ansiosas à espera de que as chame primeiro. É claro que isso só acontecerá depois da sua apresentação. — Srta. Beaumont fez uma pausa e franziu um pouco a testa, colocando a xícara de chá no chão e provando um triângulo de pepino.

"Normalmente, não dou atenção a mexericos, maliciosos ou não, mas, nesse caso, creio que pode ser útil saber o que está sendo dito e, portanto, tentarei descobrir o que puder, discretamente, é claro.

— Fico muito agradecida — respondeu Graça com alívio. — Creio que vamos nos dar muito bem, Felicity.

— Certamente espero que sim, Vossa Graça...

— Me chame de Graça, por favor.

Srta. Beaumont acenou com a cabeça em concordância abrindo um leve sorriso.

Graça sorriu de volta batendo palminhas de satisfação.

— Bem, então, minha querida, se quisermos que fique à altura de sua estirpe, certamente não há momento melhor do que o presente. Lembre-se de que deixar qualquer entusiasmo transparecer, não importa quão fortuita seja a informação que receba, é considerado de péssimo gosto na alta sociedade. Isso, mais do que qualquer outra coisa, deixa evidente suas origens humildes e sua falta de uma boa educação. Dito isso, Graça, não fará a menor diferença o fato de seu marido ser um duque se a alta sociedade decidir, coletivamente, desprezá-la.

Graça olhou para sua nova conselheira com receio:

— Mas certamente nem todos o fariam tão cedo. A senhorita mesma, Felicity, declarou há poucos momentos que não dá atenção a mexericos.

Srta. Beaumont balançou a cabeça com tristeza:

— Pessoas como eu não contam, minha querida. Somos invisíveis para aqueles que ditam as regras. Meu conselho é que ouça e preste atenção aos meus conselhos sem deixar transparecer de onde vieram.

Graça franziu a testa:

— Seu relato da alta sociedade de Londres é um tanto quanto desanimador. Não posso deixar de me perguntar se não seria melhor eu simplesmente voltar para Devonshire e, assim, evitar qualquer possibilidade de arruinar irreparavelmente o nome Sinclair.

— Infelizmente, isso, por si só, seria suficiente para alimentar os mexeriqueiros, minha querida — respondeu Felicity com um sorriso triste. — Seja como for, a senhora casou-se com uma das famílias mais importantes da Inglaterra, e as pessoas querem seu quinhão. Não, Graça, o melhor que podemos fazer é garantir que seja um sucesso ao fazer sua apresentação. Então, e somente então, caso ainda deseje, poderá voltar para os confins de Devonshire com o nome Sinclair e sua reputação intactos.

Nicholas se perguntou se não teria sido uma boa ideia deixar Graça decidir se contrataria ou não a srta. Beaumont. Claramente contrariava tudo o que ele havia aprendido. E eis o problema: Nicholas estava determinado a não ser como seu pai. Na verdade, seus pensamentos cada vez mais voltavam-se para a esposa. No dia a dia, ele se perguntava o que Graça pensaria em cada situação, o que ela faria. Ele havia jurado que nunca mais permitiria a si mesmo criar certa aproximação de outro ser humano depois de perder o irmão e o filho, mas, apesar de seus esforços para manter a distância, Nicholas temia estar ficando confortável demais com a presença dela. E, ainda mais desconcertante, viu-se querendo fazê-la feliz — e não apenas no quarto.

Franzindo a testa, olhou para as contas em que estava trabalhando. Seu pai deixara as finanças dos Sinclair em ótima situação, mas o estado em que a casa estava agora mostrava o quanto se tornara avarento em seus últimos anos.

A residência dos Sinclair em Londres precisava urgente de melhorias. Nicholas assegurou seu bom funcionamento aumentando substancialmente o número de criados sob seu teto, mas os móveis continuavam escuros e sombrios, por mais que fossem limpos e polidos. Nicholas não tinha interesse em escolher novos, a não ser para remover a lembrança desconfortável de seu pai que parecia permear tudo.

De repente, ele se perguntou se Graça consideraria ficar em Londres depois do fim da temporada para supervisionar as reformas enquanto ele voltava para Blackmore. Com certeza ela gostaria de passar um tempo comprando móveis e decorações novos. Se conseguisse persuadi-la a fazer isso, estaria matando dois coelhos com uma cajadada só: erradicando a presença incômoda do velho duque e se distanciando do fascínio de sua esposa.

Ao selar o último documento com um floreio, o atual duque de Blackmore não parou para se perguntar por que sua solução perfeita não o deixara mais feliz.

O reverendo Shackleford não pôde deixar de se perguntar se os problemas que enfrentava agora não teriam sido enviados pelo Todo-Poderoso para testá-lo. Franzindo a testa para sua caneca de cerveja, balançou a cabeça com tristeza. Sempre teve uma relação tão boa com Deus. Trabalhava incansavelmente para o bem de sua congregação e de sua família. Por isso, os cofres da igreja estavam mais cheios do que nunca na última década, e ele não só havia garantido à sua filha mais velha um marido e tanto, como também havia feito o máximo para garantir que ela não se tornasse uma completa pateta e arruinasse todos eles no processo.

Suspirando, tomou um gole de sua cerveja antes de finalmente admitir que seu plano de sequestrar Graça não tinha sido uma de suas melhores ideias. Percy, normalmente seu fiel companheiro, havia passado a maior parte das duas últimas semanas rezando. O reverendo precisou intervir quando seu coadjutor pediu um cilício para pagar penitência. Nunca lhe ocorreu que Percy era tão cabeça de vento.

O problema era que Percy Noon era seu único confidente — além de seu Criador, e havia algumas coisas sobre as quais não convinha a um vigário conversar com o Todo-Poderoso. Uma delas era o sequestro e ele acabar tendo de comer o pão que o diabo amassou como consequência. Estava claro que o coadjutor estava se afundando nas profundezas do remorso por causa da peripécia deles, o que ele estava em seu direito de fazer, contudo o arrependimento de Percy não resolvia o problema das possíveis repercussões.

Principalmente o fato de que foram vistos por um malandrinho que trouxera a carta do duque até a porta. Agora o patife estava exigindo um xelim inteiro para manter a boca fechada.

Se o Bom Deus não desaprovasse o assassinato, o reverendo ficaria muito tentado em fazer isso.

Do jeito que as coisas estavam, talvez pela primeira vez na vida, ele não sabia o que fazer. E sem Percy, não tinha ninguém com quem formular um plano. Com tristeza, olhou para as profundezas de sua cerveja. Não havia como fugir, fizera uma tempestade em copo d'água e agora o Todo-Poderoso o estava punindo.

— Ora, senhor, não é sempre que vejo um homem de batina afogando as mágoas por aqui. Permita-me lhe arranjar outra cerveja e, se tiver disposição, teremos uma conversa animada para melhorar seu ânimo.

Assustado, o reverendo olhou para o indivíduo grande e de aparência jovial que estava diante dele. A luz das velas no Red Lion foram suficientes apenas para que ele tivesse uma vaga impressão do homem e, em outras circunstâncias, teria mandado o sujeito presunçoso às favas.

No entanto, nessa ocasião, três coisas conspiraram para garantir a ruína de Augusto Shackleford. A primeira foi o fato de que ele estava precisando muito de um ouvido compreensivo; o segundo, que Freddy, que conseguia identificar um tratante de longe, ficara em casa; e, em terceiro lugar, o fato de o reverendo não ter dinheiro suficiente no bolso para mais uma cerveja.

Capítulo 15

Graça passou os dias anteriores ao baile do marquês de Blanchford quase inteiramente com sua nova companheira. Felicity Beaumont mostrou-se uma excelente companhia, seu humor sarcástico combinava com perfeição com a personalidade mais espontânea de Graça.

Passavam a maior parte do tempo dentro de casa, mas vez ou outra faziam um passeio matinal nos jardins no centro da praça em frente. Quando Graça se irritava com o confinamento, sua companheira a informava com austeridade que uma duquesa não deveria, em hipótese alguma, ser vista vestida como uma ama de leite para não ser objeto não apenas de censura, mas também de zombaria.

— Além do mais — ela informou Graça severamente —, a alta sociedade é especialista em ridicularização.

Dado que essa observação condizia com os temores de Graça, ela se absteve de mencionar outra vez e, engolindo sua ansiedade, dedicou-se diligentemente a aprender as regras de comportamento e propriedade que a srta. Beaumont lhe ensinava todos os dias.

Graça via Nicholas todas as noites no jantar, e, nesta ocasião, ficavam apenas os dois. Para Graça, o tempo que passavam juntos era agridoce. Embora ela desejasse a companhia do marido, era difícil manter qualquer tipo de conversa quando estavam sentados em lados opostos da mesa de jantar. Sentia saudades da ensolarada sala de café da manhã em Blackmore.

Ela não sabia ao certo quais seriam os planos do duque para depois da sua apresentação oficial. Será que ele gostaria de ficar mais tempo em Londres? Embora fosse bom finalmente ter a oportunidade de fazer e receber visitas, experimentar as delícias dos Vauxhall Gardens ou simplesmente passear no Hyde Park, Graça não conseguia deixar de se sentir uma impostora. Nunca seria o centro das atenções da alta sociedade. Além de tudo, era muito desajeitada. O máximo que ela poderia esperar era não envergonhar o marido e, quanto mais tempo ficasse em Londres, mais provável seria que isso acontecesse. Na verdade, ela ansiava pelos montes escarpados de Devonshire, com o cheiro distante do mar e o grasnar quase constante das gaivotas. Em seu coração, ela era uma moça do campo e sabia que, no fundo, isso era tudo o que ela sempre seria, independentemente do título que usasse.

Perdida em seus pensamentos, demorou um pouco até que Graça percebesse que Nicholas estava falando com ela e, apressadamente, soltou a colher, calculando mal o ângulo em que a apoiou na tigela em sua pressa e observando com desânimo quando ela caiu no chão. Seu rosto ficou vermelho enquanto Bailey se abaixava laboriosamente para recuperar o talher, esfregando com cuidado a mancha resultante no chão.

Olhando para o marido no final da mesa, ela abriu e fechou as mãos no colo, ansiosa, esperando que ele a repreendesse. Em vez disso, ele largou o guardanapo, levantou-se de seu lugar e caminhou em direção a ela. *Talvez ele tenha a intenção de me bater*, pensou ela, apavorada, enquanto observava a forma alta dele se mover graciosamente em sua direção. Ele parecia uma pantera e, apesar de sua apreensão, ela não pôde deixar de admirar seu físico. Para sua surpresa, em vez de repreendê-la quando enfim parou ao lado de sua cadeira, Nicholas estendeu a mão. Graça olhou para ela como se fosse uma cobra e, depois de alguns segundos, o marido perguntou secamente se ele tinha algo desagradável nos dedos.

Constrangida, ela balançou a cabeça, então pegou depressa a mão oferecida por ele e permitiu que a conduzisse até uma porta no canto da sala que ela não notara antes.

— Aonde estamos indo? — ela perguntou quando ele parou em frente à porta fechada.

— Lembrei-me de que você talvez não saiba dançar — respondeu ele, abrindo a porta.

Graça congelou quando entraram na sala, um pequeno salão de baile há muito esquecido diante dela.

— Não é preciso — disse ela baixinho, virando-se para encará-lo. — Senhorita Beaumont me informou que conseguiu um professor que é conhecido por ser discreto.

Nicholas colocou a mão na cintura dela e com a outra puxou a mão dela para cima com a sua.

— Não importa. No entanto, se preferir, pense nisso como um favor que me fará. Preciso praticar essa valsa nova que, segundo me disseram, está na moda nos salões de baile de Londres. — Ele abriu um sorriso irônico. — Tendo em vista que a última pessoa com quem pratiquei foi Malcolm, estará realmente me prestando um grande favor. — Suas palavras alegres provocaram uma risada incrédula, o que parecia de fato ser sua intenção. Sorrindo calorosamente para sua esposa, Nicholas adotou um ar de seriedade fingida.

— Uma dança, Graça. Agora preste atenção em meus passos.

Graça mordeu o lábio inferior, abafando o riso, e fez o que ele pediu, fazendo o possível para compensar os movimentos impedidos pelos ferimentos dele enquanto se moviam pelo piso de madeira. Depois de alguns instantes, ela pouco a pouco aprendeu os passos simples e começou a se mover em sintonia com o marido até que ele a estivesse girando pelo chão, seus passos levantando a poeira ao redor deles.

— Você tem um talento natural — murmurou ele ao diminuir a velocidade dos passos, puxando-a contra sua forma forte.

Graça abriu um sorriso trêmulo para ele. A sensação de tê-lo abraçando-a era mais do que deliciosa e, ao olhar para os olhos carinhosos, porém preocupados, deu-se conta de que estava começando a gostar de seu marido impenetrável...

Alheio aos pensamentos de sua esposa, Nicholas olhou para ela e deu outro sorriso:

— Você se sairá muito bem, Graça, disso eu tenho certeza, e prometo que farei o possível para não pisar em seus pés dentro das lindas sapatilhas. Ele a afastou, e Graça esperava que esse fosse o momento em que ele se retiraria. No entanto, seu marido claramente não havia terminado de surpreendê-la naquela noite, pois propôs acompanhá-la para tomar um café na pequena sala de estar.

Naquele único momento, Graça reconheceu que nunca havia sentido tanta felicidade; ela se lembraria dele muitas vezes nas semanas e meses seguintes.

Giles Northrop não podia acreditar em sua sorte. Como filho sem dinheiro de um parente distante do visconde Northrop, passara toda a sua vida à margem da alta sociedade. Geralmente considerado inferior, fora ridicularizado e desprezado em igual medida desde que se lembrava. Sua única ambição era ser finalmente aceito nos escalões mais altos da sociedade inglesa.

Sua visita a Devonshire tinha sido mais por impulso e por três motivos. O primeiro foi um boato de que um excelente puro-sangue supostamente faria sua primeira corrida no hipódromo de Exeter e, em segundo lugar, uma fuga muito necessária de um fim vergonhoso quase certo nas mãos de seus companheiros duvidosos, que o acusaram de tentar cair nas suas boas graças através de mentiras.

No entanto, sua principal motivação foi saber que o pai da duquesa de Blackmore residia na região e, se havia algo em que Giles Northrop era bom, era em farejar mexericos. De fato, ele não poderia ter esperado um resultado mais favorável — e que, sem dúvida, lhe proporcionaria a tão almejada aceitação na alta sociedade — no encontro casual com o reverendo Shackleford no Red Lion.

— Ah, Vossa Graça, nunca vi algo tão lindo! — Sua criada Dorcas respirou com reverência enquanto desempacotava uma capa de cetim cinza-prateado que parecia brilhar à luz.

Graça balançou a cabeça em silêncio. Estava cercada de caixas. Nunca em sua vida havia visto tantas roupas. Antes, considerara tudo um escandaloso desperdício de dinheiro, pois acreditava que a maioria dos belos vestidos provavelmente não veria a luz do dia quando ela voltasse para Blackmore depois do baile.

Ela suspirou, pegando um par de luvas de renda requintadas. Infelizmente, seu retorno a Blackmore parecia ter sido adiado. Agora era muito provável que ela encontrasse uso para a maior parte de seu novo guarda-roupa, dado o fato de que seu marido havia demonstrado seu desejo de que ela permanecesse em Londres para supervisionar a reforma da casa dos Sinclair.

Graça franziu a testa. Na verdade, Nicholas havia praticamente ordenado que ela ficasse aqui enquanto ele voltava para a propriedade em Devonshire.

Parecia-lhe que toda vez que ela sentia que estavam progredindo, Nicholas a afastava. Depois da aula de dança improvisada, o marido decidiu fazer companhia a ela pelo resto da noite, mas ela logo percebeu que ele havia feito isso para discutir a separação temporária deles. Ele só ficou até que ela concordasse relutantemente com suas exigências. Nem sequer foi para a cama dela depois que se desculpou. Inquieta, jogou as luvas sobre as dúzias que já estavam sobre o cobertor. Ela estava tão otimista depois da dança, mas agora estava mergulhada nas profundezas do desespero.

Lembrou-se de seu desejo imprudente de que Nicholas a deixasse de lado, permitindo que ela vivesse sua vida por conta própria. Agora, ela não conseguia suportar a ideia de não ver o rosto enigmático e belo dele, de não sentir o gosto de seus lábios nos dela. Ela nunca havia experimentado a sensação de segurança que sentia nos braços do marido e realmente não conseguia se imaginar vivendo sem isso.

A pior coisa havia acontecido. Ela havia se apaixonado por Nicholas Sinclair.

Como pôde ser tão tola? Sabia desde o início que o marido não tinha nenhum desejo de que o relacionamento deles fosse algo além de uma companhia incômoda, mas esperava, ah, como ela esperava mais — especialmente depois, bem... depois que ele a apresentou às delícias do leito conjugal.

Como ela pôde ser tão ingênua? Na verdade, ela estava bem ciente de que, para a maioria dos homens, o casamento não era mais importante do que ganhar em um jogo de cartas, mas se havia uma coisa que ela havia aprendido é que o marido não era como a maioria dos homens.

Suspirando outra vez, ela se levantou e instruiu Dorcas a continuar. A criada fez uma reverência, claramente achando que a patroa estava um pouco fora de si devido a sua falta de interesse pelas belas roupas que estavam espalhadas pelo quarto.

Ao descer as escadas, perguntou-se o que aconteceria se revelasse seus verdadeiros sentimentos ao duque e implorasse que a levasse para casa com ele. *Quando foi que Blackmore se tornara seu lar?* Ela imaginou a reação do marido a tal declaração e estremeceu, balançando a cabeça diante de sua idiotice. Talvez o melhor caminho para o coração dele fosse provar, de uma vez por todas, que ela não era uma cabeça de vento; e poderia muito bem demonstrar isso transformando a casa dos Sinclair em um lar caloroso e acolhedor. Sua mãe claramente tinha muito bom gosto, e Graça concordava totalmente com a escolha da velha duquesa em relação aos móveis macios. Tudo o que ela tinha de fazer era imitar o que já havia sido feito.

Sentindo-se animada como há dias não se sentia, Graça decidiu que, antes de mais nada, se certificaria de prestar muita atenção às instruções da srta. Beaumont sobre comportamento e etiqueta até o baile do marquês de Blanchford.

Ela mostraria a Nicholas Sinclair que era digna do título que ele lhe havia concedido.

Fazia muito tempo que Augusto Shackleford não ia para a cama tão bêbado e, ao acordar na manhã seguinte com a boca tão seca que mais parecia que alguma criatura desconhecida tivesse rastejado para dentro dela e prontamente morrido, ele se perguntou por alguns segundos onde estava antes de reconhecer os móveis de seu quarto. Ao olhar para si mesmo, ficou horrorizado ao perceber que ainda estava usando todas as suas roupas. Ele se esforçou para lembrar exatamente o que havia acontecido. Lembrou-se de um sujeito bastante grande que se ofereceu para lhe fazer companhia, mas depois disso suas lembranças eram turvas. O reverendo tentou se acalmar, ao menos estava definitivamente em sua própria cama. O problema é que ele não se lembrava de como chegara lá. Aquilo não lhe parecia nada bom. Ele se perguntou se alguém de sua congregação o havia visto bêbado. Se esse fosse o caso, ele estava realmente com problemas. Pior ainda, se aquele malandrinho tivesse testemunhado sua conduta, o patife poderia muito bem aumentar suas exigências para um guinéu. Resmungando, o reverendo se esforçou para se sentar, tentando ao máximo resistir ao impulso irresistível de vomitar.

Isso não era de seu feitio. Augusto Shackleford gostava de beber como qualquer outro homem, mas não era propenso a se entregar a excessos. Afinal de contas, ele era um homem de Deus e, embora devesse ser dito que, em algumas ocasiões, ele se sentia tentado a burlar as regras — Percy ter lhe pedido um cilício para pagar penitência foi o resultado de uma dessas indiscrições, ele tinha que admitir —, o reverendo acreditava firmemente que era um homem bom de coração, que fazia o melhor para sua família e seus paroquianos. É claro que eles nem sempre viam as coisas dessa forma, mas a principal preocupação do reverendo Shackleford era a vida após a morte que, às vezes, exigia sacrifícios no aqui e agora que nem sempre eram lá muito apreciados.

Bem, qualquer pessoa se safaria desta, menos ele.

Com a cabeça entre as mãos, ele se esforçou para relembrar os eventos da noite anterior. A casa estava suspeitamente silenciosa e, ao olhar para o relógio de bolso, ficou horrorizado ao descobrir que eram quase onze horas. Por que ninguém o havia acordado? E onde diabos estava Percy? Franzindo a testa, ele percebeu que era quinta-feira e que Percy estaria trabalhando no sermão do próximo domingo. O reverendo suspirou. Ele podia esperar que fosse composto em grande parte por avisos terríveis de que aqueles que se desviassem do caminho da retidão arderiam no mármore do inferno. Infelizmente, era preciso dizer que a maioria dos sermões que seu coadjutor redigia tendiam a ser direcionados para a pessoa que estava fazendo o discurso.

Ao se levantar, ele parou por um momento quando o quarto começou a girar um pouco. Por Deus, ele poderia estar morto em sua cama sem que ninguém percebesse. Resmungando, ele saiu do quarto e desceu as escadas. Uma situação como essa exigia um conhaque forte se ele quisesse se sentir melhor antes do fim do dia. Talvez a sra. Tomlinson lhe preparasse um pequeno repasto de pão e manteiga para acompanhar. Sentia a bile só de pensar em comer o mingau da cozinheira, que provavelmente estava lá desde as sete horas e que agora poderia, sem dúvida, ser fatiado e colocado no meio de um sanduíche.

O reverendo estava tomando seu segundo conhaque e se parabenizando por ter agido rápido para pôr fim ao que poderia ter sido uma situação muito complicada, quando ouviu um lamento alto vindo do saguão. Franzindo a testa, decidiu permanecer trancafiado no escritório, na esperança de que qualquer desastre que estivesse ocorrendo simplesmente fosse levado para outro lugar. Infelizmente, a próxima palavra gritada garantiu que isso seria improvável:

— Augusto.

A porta de seu escritório foi aberta em seguida por Agnes Shackleford, com os cabelos soltos, o chapéu torto e um lenço agarrado com as duas mãos, que ela estava tentando rasgar. Sua esposa estava claramente soltando fogo pelas ventas por algum motivo e o reverendo sentiu seu corpo todo gelar.

Ele limpou a garganta, se levantou rápido e atravessou o cômodo até Agnes, que agora parecia estar à beira de um desmaio.

— Querida — ele murmurou, dando um tapinha relutante no ombro dela antes de olhar de soslaio para quatro de suas filhas que estavam reunidas com o rosto pálido na porta.

— O que a deixou tão agitada, meu amor? — continuou ele em seu tom mais apaziguador, tentando ignorar o pressentimento que dera um nó em seu estômago e que fazia com que o segundo copo de conhaque se agitasse ameaçadoramente em seu estômago.

— Não me venha com essa de *meu amor*, seu... seu... seu idiota — soluçou Agnes. Ela se virou para o marido, puxou a mão para trás e lhe deu um tapa sonoro. — Anthony nunca colocará os pés nas salas de visitas de Londres. Graças a você, ele terá sorte de ter um teto sobre sua cabeça. Com certeza todos nós estamos destinados a acabar na sarjeta.

Piscando, o reverendo levou a mão ao rosto, completamente perplexo. Em todos os anos que passaram juntos, ele nunca a tinha visto tão irritada. Se a situação não fosse tão terrível, ele se sentiria tentado a chamá-la de magnífica, com seu seio ofegante e seu cabelo desgrenhado de forma atraente. Infelizmente, as palavras seguintes dela foram como um balde de água fria:

— Onde diabos estava com a cabeça, Augusto? — lamentou ela. — Sequestrar a própria filha...

Capítulo 16

Felicity Beaumont estava muito ansiosa pelo baile do marquês de Blanchford. Com algumas perguntas discretas, conseguiu descobrir que o consenso geral dentro da alta sociedade era de que tanto Nicholas Sinclair quanto sua esposa eram, na melhor das hipóteses, muito sem sal, na pior, horrorosos. Esse era claramente o motivo pelo qual a sociedade os evitara até esta noite.

Se alguma das mulheres mexeriqueiras tivesse pensado em compartilhar suas opiniões com seus cônjuges, os boatos que circulavam talvez não tivessem se tornado tão escabrosos. O duque de Blackmore havia comparecido ao clube White's em duas ocasiões e fora visto por vários membros do alto escalão da sociedade. No entanto, dado o fato de que a maioria dos casamentos aristocráticos incluía pouquíssimo contato entre marido e mulher, era preciso dizer que quase todas as mulheres com menos de noventa anos de idade aguardavam pela noite que se aproximava com um delicioso arrepio de expectativa.

Felicity estava muito ansiosa para ver todas as mulheres boquiabertas quando finalmente vissem pela primeira vez o duque e a duquesa de Blackmore. Na verdade, não se lembrava da última vez em que havia aguardado um evento com tamanho entusiasmo...

Graça mal reconheceu a mulher no espelho — não poderia ser ela. O vestido tinha um decote generoso e se agarrava às suas curvas de forma quase indecente. Com espanto, deu uma volta, deliciando-se com o tecido dourado brilhando à luz das velas. Dorcas havia feito maravilhas com seu cabelo, colocando-o no alto da cabeça e prendendo-o com o que devia ser pelo menos uma centena de alfinetes brilhantes, que brilhavam e cintilavam sucessivamente.

Com um sorriso agradecido, ela se virou para a criada, que a observava com satisfação:

— Obrigada, Dorcas — disse ela com sinceridade. — Você fez maravilhas, com certeza fez.

Sua criada ficou vermelha com uma satisfação sem jeito.

— Na verdade, minha senhora, é a você que devo agradecer. Raramente tive o prazer de vestir alguém tão adorável como Vossa Senhoria. — Foi a vez de Graça ficar corada e, impulsivamente, ela se inclinou para dar um abraço rápido em Dorcas antes de se afastar e respirar fundo. Era hora de se juntar ao marido. Ela pegou as luvas e o xale combinando e se dirigiu para as escadas.

Finalmente, ela iria enfrentar a cova dos leões.

Nicholas bateu com os dedos na perna, olhando para a escada com certa irritação. Mais dez minutos e eles estariam mais do que elegantemente atrasados para o baile, o que provavelmente garantiria que todos os presentes ficassem ultrajados.

Na verdade, ele queria que essa noite acabasse logo. Queria sair de Londres, voltar para Blackmore e tentar processar os sentimentos que enfim se deu conta de que sentia pela esposa.

Desde sua decisão de deixar Graça em Londres, os pesadelos estavam piores do que nunca. A ideia de voltar para Devonshire sem ela o encheu de uma ansiedade desproporcional. Como diabos ela havia conseguido passar por suas defesas? Desde que revelou parcialmente a causa de seus pesadelos, ele se viu, em mais de uma ocasião, à beira de confessar a história toda. Pela primeira vez em sua vida, ele queria — não, desejava — a proximidade de outro ser humano.

Apenas o medo o mantinha em silêncio. Medo de que ela fosse embora. Medo de que ela o abandonasse como seu pai havia feito.

Medo de que ele a perdesse como havia perdido John...

— Nicholas.

Nicholas olhou para cima e seu coração deu um pulo ao ver a esposa parecendo a duquesa que era. Seu vestido cintilante acentuava sua cintura fina, com as saias se abrindo abaixo. O decote era generoso, com pequenas mangas nos ombros e muito de seu colo à mostra para sua apreciação.

— Céus, está linda — ele murmurou enquanto ela descia as escadas.

Ela corou, com a mão enluvada deslizando pelo corrimão enquanto descia. Nicholas a observou com uma mistura de orgulho por ela ser sua e irritação pelo fato de que outros teriam acesso a ela depois desta noite. Ambos os sentimentos eram completamente desconhecidos até aquele momento. De repente, quando ela se aproximou do final da escada, sua boca se abriu em formato de "o" e ela caiu para a frente, dando a ele tempo suficiente para pegá-la antes que ela rolasse escada abaixo.

Nicholas a segurou contra si, seu corpo reagindo à proximidade do dela como sempre fazia, mas a sensação durou pouco quando ele a ouviu fungar. Colocando-a de pé, ele viu o brilho de lágrimas em seus olhos.

— Se machucou? — ele logo perguntou.

Ela balançou a cabeça, olhando para o chão:

— Vou envergonhá-lo esta noite!

Nicholas balançou a cabeça, colocando o dedo sob o queixo dela e gentilmente levantando sua cabeça até que seus olhos se encontrassem.

— Não vai me envergonhar, Graça. — Ele odiava a ideia de que poderia tê-la colocado sob tanta pressão, pensando que ela tinha que ser perfeita para mantê-lo feliz.

Para ele, ela já era perfeita.

Franzindo a testa, ele afastou o pensamento. Agora não era o momento.

— Mas e se eu tropeçar na escada durante o baile? Seremos motivo de chacota.

Nicholas pegou um lenço limpo e enxugou com batidinhas as lágrimas no rosto dela. Essa era a primeira vez que ele via Graça chorar e odiava a sensação de impotência que isso provocava nele.

— Estarei lá para pegá-la — ele murmurou baixinho.

Ela lhe deu um sorriso ainda com os olhos marejados, mas ele podia ver a dúvida em seus olhos.

— Venha — disse ele, pegando seu braço. — É hora de ver se consegue deixá-los sem fôlego como fez comigo.

Felicity aguardava a chegada do duque e da duquesa de Blackmore com uma alegria que ela mal conseguia conter. Na verdade, estava cada vez mais difícil se concentrar na conversa um tanto quanto monótona que lhe estava sendo oferecida por seu companheiro, o coronel Daniels, que estava lhe contando a origem e os sintomas da dengue. Ela havia se posicionado deliberadamente perto do pé da escada caso a duquesa precisasse de seus serviços. Em outras circunstâncias, como a mais pobre dentre seus parentes e ainda por cima solteirona, Felicity Beaumont não teria sido convidada para uma ocasião tão elegante. Entretanto, nesse caso, Nicholas Sinclair havia conseguido um convite para ela. Até o momento, ela havia sido assiduamente ignorada pelos membros de maior escalão da família, uma circunstância que não a incomodava nem um pouco. Apenas lhe deu a oportunidade de observar a grande quantidade de bocas que certamente se abririam com a aparição de Suas Graças.

De repente, a conversa e as risadas ao redor dela morreram, substituídas por uma expectativa quase tangível. A maioria dos presentes se voltaram para as escadas quando o duque e a duquesa de Blackmore foram anunciados. Mesmo de onde estava, Felicity podia ver o aperto de Graça no braço do marido enquanto eles desciam lentamente as escadas.

Felicity respirou fundo ao perceber que a beleza inerente de Graça havia superado todas as suas expectativas. Ela estava envolta em um vestido cintilante de seda dourado que se agarrava a cada curva de seu corpo esbelto e voluptuoso. Nicholas Sinclair estava incrivelmente bonito em um traje de noite preto, feito sob medida. Olhando em volta, Felicity quase riu alto com as expressões nos rostos ao seu redor. Ela só podia imaginar a conversa animada dentro de cada sala de visitas de Londres no dia seguinte. De fato, Graça Sinclair havia se superado.

Especialmente por ter chegado ao final da escada sem contratem...

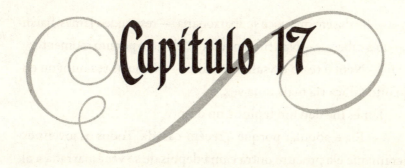

Capítulo 17

Passada uma hora, Nicholas já estava farto. Odiava eventos como esse.

Odiava as pessoas ao seu redor, a bajulação, o fingimento. Mas, mais do que tudo, ele odiava o fato de que sua esposa era o centro das atenções do baile e sua risada flutuava no ar.

Ele odiava o fato de que, por mais que tentasse, não conseguia esmagar o ciúme que surgia toda vez que ela ria.

Ou sorria.

Ou quando ela olhava em outra direção que não a dele.

Praguejando baixinho, Nicholas pegou um copo de champanhe quente e o forçou a descer pela garganta com uma careta enquanto o fazia.

— Nunca pensei que veria esse dia.

Nicholas se virou para encontrar James ao seu lado, seus olhos brilhando de alegria. James Gilmore foi o motivo pelo qual Nicholas entrou para a Marinha Real. Mais velho por uma dúzia de anos, James se tornou a figura paterna de que Nicholas tanto precisava. Ele também teve de se afastar do serviço depois de Trafalgar por perder um braço.

— Que dia? — Nicholas se voltou para seu mentor com muita irritação.

— O dia em que você se apaixonaria — respondeu James, balançando a cabeça. — Não tirou os olhos dela nem por um momento.

— Nem o resto do salão de baile — Nicholas resmungou enquanto Graça ria mais uma vez.

James lhe deu um tapinha no ombro:

— Ela é popular porque é recém-casada. Todos os jovens esperam que ela procure outra cama depois de se ver amarrada a alguém como você.

Nicholas sentiu sua mandíbula se tensionar enquanto continuava a observar os homens flertando com sua esposa. Por Deus, há apenas dois meses, ele estava se perguntando o que diabos deveria fazer com ela, e agora olhe para ele, lançando olhares de soslaio para ela como se fosse um rapazote inexperiente.

— Eles não têm a menor chance — foi sua resposta direta.

— Não, não têm — disse James, balançando a cabeça e fingindo espanto. — Ela só tem olhos para sua cara feia.

Nicholas soltou uma gargalhada, finalmente sentindo um pouco da tensão ser aliviada de seus ombros.

Um pouco, não toda.

— É uma visão melhor do que a sua.

— Tenho de concordar com você nessa, meu amigo — James riu. — Da próxima vez que vier a Londres, adoraria saber mais a respeito da mulher que conseguiu a duras penas levá-lo à felicidade conjugal.

Nicholas se lembrou do início improvável de seu casamento e fez uma leve careta. Ele só havia visto James algumas vezes desde Gibraltar e, como ambas as ocasiões foram no clube White's, não teve a oportunidade de contar ao seu antigo mentor as circunstâncias de suas núpcias. Na verdade, Nicholas não tinha lá muita certeza de que desejava contar a James as circunstâncias que culminaram em seu casamento com Graça. Podia imaginar muito bem como o homem mais velho interpretaria sua atitude arrogante.

— É uma história enfadonha, quase idêntica ao início da maioria das uniões, creio eu.

James ergueu as sobrancelhas, claramente dando-se conta de que o tom do duque deixara transparecer que havia algo de errado ali.

— Talvez eu espere até poder ouvir essa história da sua esposa, então — ele sorriu enquanto pegava uma taça de champanhe de um servente que passava.

Nicholas balançou a cabeça soltando uma risada sombria:

— Se acha que eu permitiria que minha esposa passasse algum tempo sozinha com um canalha debochado como você, deve ter perdido suas faculdades mentais.

A resposta de James foi uma risada alta que Nicholas não ouviu, pois estava ocupado demais observando outro jovem rapaz escrevendo seu nome na cartela de danças de Graça, enquanto olhava para o decote dela. Nicholas já estava farto. Só haveria um nome no cartão de dança de sua esposa. O resto poderia ir para o diabo.

E, uma vez que ele tivesse reivindicado sua dança, pretendia levar Graça para casa e fazer amor com ela até que ela se esquecesse de todos os homens, menos dele.

Do contrário, ele ficaria extremamente tentado a assassinar todos os homens nesta sala que tivessem oferecido à sua esposa mais do que um olhar de relance...

Ele se desculpou abruptamente com seu velho amigo, que permaneceu onde estava para assistir ao desenrolar do drama. Esse foi o maior entretenimento que ele teve desde que deixou a Marinha Real.

Graça estava gostando de seu primeiro dia na alta sociedade. Apesar de suas preocupações de que acabaria constrangendo Nicholas, sua apresentação transcorreu sem preocupações, e ela agora tinha uma cartela de dança cheia, com muitos jovens bonitos aglomerados ao seu redor. Nunca em sua vida tantos haviam se afeiçoado a ela, mas havia apenas um com quem ela se importava.

E ele ainda não havia chegado e reivindicado sua dança.

— Seu ponche, Vossa Senhoria.

Graça se virou e aceitou o pequeno copo de um jovem ansioso, dando-lhe um sorriso em troca.

— Muito obrigada. Estava mesmo morrendo de sede.

Ele sorriu, fazendo uma reverência na direção dela.

— Então, posso lhe pedir a próxima dança? Creio que seja a valsa.

— Alguém já a reivindicou.

Os olhos de Graça encontraram os olhos tempestuosos de Nicholas enquanto o jovem rapaz em questão gaguejava antes de pegar o copo de volta e sair correndo. Nicholas estendeu a mão. Graça a pegou e o seguiu até a pista de dança, onde eles se prepararam para os primeiros passos da valsa.

— Onde estava?

A mão dele segurou a dela:

— Estive observando você, minha querida. Parece estar se divertindo.

— Há tanto para processar — admitiu ela enquanto Nicholas os conduzia pelos primeiros degraus. — Mas, pelo menos, ainda não tropecei e caí.

Nicholas não respondeu, mas o aperto de sua mandíbula lhe disse que algo estava errado.

— Nicholas? — ela perguntou hesitante. — Há algo errado? Aconteceu alguma coisa?

Ele olhou para o rosto ansioso dela e sua expressão se suavizou:

— Não — ele respondeu com tristeza. — Apenas não estou acostumado a ver outros homens de olho na minha esposa.

Sem saber se ele a estava provocando, Graça deu-lhe um sorriso tímido e se entregou à música, determinada a aproveitar o fato de que enfim estava nos braços do marido para que toda Londres visse.

A dança terminou cedo demais, mas, em vez de acompanhá-la até as margens da pista, Nicholas a levou para fora rumo a um pequeno jardim inglês. Sentiu uma brisa refrescante em sua pele levemente úmida, e Graça suspirou, inalando o aroma de rosas que perfumava o ar. Para seu deleite, Nicholas a envolveu em seus braços, acariciando seu pescoço.

— É uma pena que não possamos partir ainda — ele murmurou em seu ouvido. — Mas assim que o decoro permitir, esteja avisada, esposa, que é minha intenção levá-la para a cama. Minha cama ou a sua, não me importa qual será.

Perdida no convite sedutor dos olhos azuis do marido, Graça se inclinou e, hesitante, ergueu os braços, colocando-os em volta do pescoço dele e puxando-o de leve. Nicholas gemeu, envolvendo-a em um abraço esmagador, sua boca se movendo com fome sobre a dela em um beijo profundo e ardente.

— Pelo amor de Deus, como está quente aqui.

Nicholas ficou imóvel quando ouviu a voz alta às suas costas.

— É um mexerico e tanto o que ele conseguiu, devo dizer, mas, ainda assim, não será bom ficar aqui fora por muito tempo. Ouvi de uma fonte fidedigna que algo está acontecendo. Vi Lady Granger conversando com aquele patife, Giles Northrup, e se aquele maldito tratante conseguiu entrar aqui sem ser convidado, pode ter certeza de que há algo desagradável por trás disso.

As vozes sumiram quando as pessoas voltaram para o calor do salão de baile, mas o encanto de antes havia se dissipado e

Nicholas depositou um último beijo relutante nos lábios trêmulos da esposa.

— Parece que algum pobre infeliz caiu na boca da alta sociedade. — Sua observação irônica causou um arrepio nas costas de Graça, e ela se afastou apressadamente. — Quer algo para beber? — ele perguntou gentilmente, soltando-a com relutância.

— Sim, por favor — sussurrou Graça. — Se for do seu agrado, ficarei aqui fora. Eu... eu... ainda estou com calor.

A voz dela estava um pouco ofegante e Nicholas sorriu para ela, muito satisfeito por ter suplantado qualquer pensamento dos jovens arrojados que antes disputavam sua atenção.

— Serei o mais rápido possível — ele murmurou, deixando um beijo casto em sua testa.

Graça observou o marido passar pelas portas abertas, com o coração ainda acelerado e os lábios ainda latejando da intensidade dos beijos dele. Como ela poderia sequer pensar em uma vida sem ele? Graça sabia que, não importa o que acontecesse entre eles, nunca haveria outro homem para ela. Em algum momento, de alguma forma, entre vomitar em suas botas imaculadas e dançar sua primeira valsa com ele, ela havia se apaixonado profunda e irrevogavelmente por Nicholas Sinclair. Sentada em um pequeno banco, ela colocou a cabeça entre as mãos. Ela esperava, de todo o coração, que já estivesse grávida. Ela não era uma jovenzinha tola e, consequentemente, não tinha ilusões de que um homem como o duque de Blackmore pudesse amar alguém como ela. Mas se eles tivessem um filho juntos, talvez isso fosse o suficiente para que ficasse com ela.

Ela se agarraria àquilo que lhe fosse possível ter.

De repente, um vulto surgiu à sua direita e, assustada, ela recuou, exatamente quando um braço agarrou o seu, puxando-a para cima do pequeno banco em que estava sentada.

— Nicholas — ela ofegou aliviada quando reconheceu as feições severas do marido. — Por um instante fiquei preocupada.

— Venha, temos que ir embora — respondeu ele de forma brusca.

Franzindo a testa, Graça olhou para o marido, e seu estômago se revirou ao ver a expressão fechada e a mandíbula tensa dele.

— Aconteceu alguma coisa? — perguntou ela com medo, permitindo que Nicholas a conduzisse por um pequeno portão até os jardins clássicos. O marido não respondeu, simplesmente a puxou tão rápido que ela teve de levantar as saias e correr para acompanhar os passos largos dele. — Nicholas — ela gritou sem fôlego, com medo de cair de cara a qualquer momento.

De repente ele parou e a colocou atrás de si enquanto falava em voz baixa com uma figura sombria. Ofegante, Graça espiou pelas costas do marido, mas só conseguiu ver que a figura era um homem. Ela observou em silêncio quando uma carruagem parou na frente deles. A figura sombria, que ela finalmente reconheceu como o homem com quem Nicholas estava falando antes, abriu a porta e apertou a mão de seu marido antes de se afastar rapidamente.

Sem cerimônia, Nicholas empurrou Graça para dentro do interior escuro, depois a seguiu, fechando a porta com um baque. Sentando-se em frente a ela, o duque fechou os olhos e se recostou, uma imagem de cansaço enquanto a carruagem avançava.

Graça olhou para o marido nervosa:

— O que aconteceu, Nicholas? — perguntou ela em um sussurro, seu estômago dando um nó e sentindo a acidez do ponche que tomara antes.

Por alguns segundos, temeu que ele não respondesse. Então, ela realmente desejou que ele não o tivesse feito, pois o duque de Blackmore abriu os olhos e, silenciosamente, olhou para a esposa com um olhar de desprezo absoluto.

Capítulo 18

Graça acordou com o som de sua criada andando em seu quarto. Por alguns segundos, ela se perguntou por que seus olhos estavam inchados e doloridos, então tudo voltou à tona.

O baile, a partida repentina e, o pior de tudo, a expressão glacial de seu marido ao informá-la com aspereza que conversariam no dia seguinte, antes de dar meia-volta e desaparecer em seu escritório sem sequer lhe dar boa-noite.

Ela ficou deitada em sua cama com lágrimas que não paravam de escorrer pelo rosto pelo que pareceram horas.

Seu medo mais profundo havia se concretizado. E, agora, como resultado, seu marido a desprezava. Nas horas mais escuras antes do amanhecer, ela ouviu os gritos desesperados dele quando os pesadelos o dominaram, mas agora, mais do que nunca, ele não aceitaria que ela o reconfortasse. Talvez ele nunca mais aceitasse nada dela.

Cansada, Graça saiu da cama, finalmente dispensando Dorcas que, sem saber do desespero da patroa, tagarelava alegremente sobre o baile da noite passada. A criada fez uma reverência intrigada e saiu do quarto com um murmúrio de:

— Sim, Vossa Graça.

Vestindo suas roupas com dificuldade, Graça não pôde deixar de se perguntar quando foi que se tornou tão difícil se vestir sozinha. Afinal de contas, essa era uma tarefa que ela realizava sem pensar há mais de vinte anos. Ela fez uma careta ao ver sua imagem ligeiramente desgrenhada no espelho. Talvez ela tivesse que se acostumar com tudo aquilo de novo. Afinal de contas, era assim que ela sempre fora até que seu marido a elevou à condição de duquesa.

Como isso soava ridículo agora.

Controlando-se para não voltar a chorar, Graça abriu a porta de seu quarto e desceu as escadas. A ideia de tomar o café da manhã a fez sentir-se mal, mas sabia que precisava comer alguma coisa. Por hábito, ela olhou para a bandeja de prata no saguão. Como sempre, estava vazia. Como ela havia sido tola ao esperar que estivesse cheia de cartões de visita; Graça não tinha amigos em Londres. E, por sua própria estupidez, jamais os teria. Não agora.

Forçando-se a engolir uma torrada, Graça se perguntou onde Nicholas estaria. Ela não ousaria se aproximar dele, então só lhe restava esperar até que ele a chamasse. Seu estômago estava em frangalhos e mais parecia que estava mastigando pedras.

— A senhora tem uma visita, Vossa Graça. — Ela se virou para Bailey com surpresa. — Coloquei a senhorita Beaumont na pequena sala de estar — continuou ele com uma leve inclinação da cabeça — e espero que isso agrade a Vossa Senhoria, mas tomei a liberdade de pedir um chá.

Graça se levantou num pulo:

— Sim, sim... é claro, Bailey, obrigada.

Felicity estava aqui. Graça esperava que não fosse apenas para repreendê-la, ou pior, para se gabar. Mas se deleitar com os infortúnios alheios era algo que Felicity Beaumont nunca fora acostumada a fazer. Talvez ela estivesse aqui para ser paga por seus serviços. Se fosse esse o caso, ela precisaria falar com o duque.

Graça abriu a porta da sala de estar e entrou hesitante, vendo sua companheira parada junto à janela, com um olhar triste para a praça. Ao ver a duquesa entrar, ela se virou e mudou sua expressão para um sorriso de boas-vindas.

— Eles acabarão se esquecendo. — As palavras foram diretas, mas, ainda assim, marcadas por uma compaixão calma que fez Graça engolir o choro para não se envergonhar outra vez.

— Eu... eu... não tenho certeza absoluta das palavras que foram ditas ontem à noite após nossa partida, mas tenho um palpite. — Respirando fundo, Graça balançou a cabeça. — Não estou preocupada com minha própria desgraça, mas com a de meu marido. Ele não merece que o ridicularizem.

Felicity Beaumont sentou-se antes de responder:

— Tenho certeza de que ele resistirá à tempestade, minha querida, afinal, ele é um duque. Infelizmente, a senhora é apenas a filha de um vigário e, portanto, não se sairá tão bem.

Graça fechou os olhos de vergonha:

— O que exatamente estavam dizendo? — sussurrou ela após alguns segundos.

— Ah, muito sobre brincar em fardos de feno e envergonhar seu pai a tal ponto de ele tentar sequestrá-la para evitar que trouxesse mais vergonha ao nome Blackmore. — Felicity deu um aceno despreocupado no ar como se a fofoca não tivesse importância.

— Meu Deus — murmurou Graça baixinho. Ela se recostou no sofá assim que a sra. Jenks trouxe o chá. Quando ficaram a sós outra vez, ela o serviu com a mão trêmula e por pouco não derramou o líquido no vestido diurno de sua mentora.

— Meu marido nunca vai me perdoar. — Graça reprimiu o choro enquanto tentava tomar um gole do chá morno. — Não me importo com a sociedade, mas com o constrangimento que, sem dúvida, causei ao nome dos Sinclair. Tudo por causa de minha própria teimosia e estupidez.

— Duvido muito — respondeu Felicity, soltando o ar pelo canto da boca com desdém. — Ouso dizer que teve seus motivos para agir como agiu. — Ela recolocou a xícara de forma decidida na mesinha portátil à sua frente. — Antes de se jogar aos lobos, minha querida, considere o seguinte: Sinclair tinha a reputação de, bem, para ser franca, ser um chato mal-humorado. Agora, ele tem uma bela esposa que, reconhecidamente, o fez dançar alegremente, e ele será ainda mais popular por isso.

Levantando-se da cadeira, ela calçou as luvas antes de prosseguir:

— Você estava magnífica na noite passada, minha querida. Nunca se esqueça disso. A alta sociedade tampouco se esquecerá.

De pé na janela de seu escritório, Nicholas olhava para as folhas do início do outono que se espalhavam pela praça imerso em pensamentos enquanto esperava que a esposa respondesse à sua convocação. Ele havia adiado falar com ela até agora, sem ter certeza de que poderia se controlar o suficiente para manter uma conversa civilizada. A mágoa e a traição esmagadoras que sentiu quando entrou no salão de baile e descobriu que as travessuras de sua esposa haviam se tornado o último assunto suculento nas línguas maldosas da alta sociedade abriram um caminho em suas entranhas que o fez querer atropelar alguém.

De preferência, seu sogro.

Mas seu tormento não vinha do fato de Graça ter participado de atividades que ela sabia que o envergonhariam. Foi a razão pela qual ela as fez: sua esposa esperava que ele a deixasse de lado.

Nicholas fechou os olhos e cerrou os dentes, tentando engolir a angústia que sentia desde que descobriu até que ponto Graça estava disposta a ir para se livrar dele. Bem, agora seu desejo seria realizado.

Ele se virou ao ouvir o som da porta se abrindo e um nó surgiu em sua garganta ao ver a esposa, que aparentava estar tão arrasada e perdida. Ele notou os olhos dela vermelhos e inchados, o cabelo e o vestido voltaram ao estilo simples que ela preferia no início do casamento. Parecia que ela já havia deixado de lado os trajes de uma duquesa. Talvez ela não estivesse tão desolada quanto parecia. Nicholas não tinha dúvidas de que essa era a intenção dela o tempo todo.

— Soube que deseja falar comigo — ela murmurou, com os olhos baixos.

Nicholas ficou perplexo com aquela demonstração de humildade, lembrando-se com relutância das brincadeiras que haviam compartilhado a respeito da observação persistente que ela fazia do piso em Blackmore. Ele esperou até que ela levantasse o olhar e, em seguida, acenou com a cabeça em direção à cadeira na frente de sua mesa, um pedido silencioso para que ela se sentasse.

— Não vou perder tempo discutindo as possíveis repercussões de suas atividades, já que suas façanhas deixaram bem claro que você não deseja que vivamos na mesma casa como marido e mulher. — Seu tom de voz era gélido, seu rosto calculadamente inexpressivo.

— Eu não quero isso — protestou Graça, baixinho, seu coração se apertando diante da frieza dele.

Nicholas ficou em silêncio por um segundo, depois continuou como se ela não tivesse dito nada.

— Partiremos para Devonshire logo pela manhã. Há um chalé na propriedade Blackmore que fica distante o suficiente da casa principal para garantir que dificilmente nos encontremos. Ficará lá até que fique claro se está grávida ou não. Se nossos... esforços foram frutíferos, ficará lá até a criança nascer. — Seus lábios se contorceram em um sorriso forçado. — Fora isso, não me importa o que fará. Pode continuar na casa ou sair, como quiser.

— Você tiraria meu filho de mim? — Graça soltou, horrorizada.

— A criança será meu herdeiro — disse ele entre dentes. — O futuro duque de Blackmore não será criado sem o pai.

— E se for uma menina? — rebateu Graça, desesperada. — Não é um filho que você quer?

Nicholas a encarou, o rosto contorcido por uma mistura de tristeza e aversão:

— Já tive um filho — ele disse finalmente. — Ele morreu.

A réplica de Graça morreu em seus lábios enquanto ela olhava para o belo rosto atormentado do marido.

— O menino que perdeu as pernas. Ele era seu filho? — Seu sussurro estava cheio de compaixão, a compreensão finalmente brilhando em seus olhos.

— Se ele estivesse vivo agora — disse Nicholas, com a voz embargada pela angústia —, pode ter certeza, madame, de que nunca teríamos nos casado.

Sem dizer mais nada, ele se virou e saiu, como se não pudesse suportar ficar no cômodo com ela por nem mais um segundo.

Para a sua sorte, a tristeza insuportável de Graça aos poucos se transformou em um torpor tolerável. Ela insistiu em guardar suas próprias roupas, para desespero de Dorcas, que estava praticamente chorando antes que a patroa finalmente perdesse a paciência e expulsasse a jovem do quarto. A última coisa de que Graça precisava era uma briga com sua criada a respeito do que era certo e decoroso, especialmente porque ela estava optando por deixar a maior parte de seu novo guarda-roupa para trás. Graça teria pouco uso para ele em Devonshire. Ela esperava que Dorcas conseguisse encontrar outro emprego, mas, infelizmente, uma carta de recomendação da escandalosa duquesa de Blackmore não ajudaria em nada.

Mordendo o lábio, Graça finalmente fechou sua valise. Ela havia deixado de lado o jantar para fazer uma ceia leve em seu quarto, mas não havia comido nada. Parecia haver uma grande pedra em seu estômago, que a deixava totalmente incapaz de comer. A duquesa olhou ao redor do quarto sombrio, lembrando-se das ideias para sua transformação que havia timidamente contado a Nicholas no calor do momento depois de uma noite de amor. Ele aprovara todos os planos dela sem hesitar, segurando-a nos braços, até considerar que era hora de voltar para seu próprio quarto. Mais de uma vez, ela teve que morder o lábio para não implorar que ele ficasse.

Agora, percebia o quanto o marido havia sido gentil com ela. O homem cruel de antes não se parecia nem um pouco com ele.

Cansada, Graça se deitou em sua cama. Partiriam de Londres bem cedo no dia seguinte, mas ela duvidava muito que perderia a hora. Na verdade, sabia que teria sorte se conseguisse dormir mesmo que por pouco tempo.

O reverendo Shackleford não conseguia se lembrar de uma época em que sua vida tivesse sido tão horrível e não pôde deixar de questionar o tratamento dado pelo Todo-Poderoso a um servo tão leal.

Ele pode muito bem ter feito uma besteira e tanto, mas o fez com as melhores intenções possíveis. Com uma careta, lembrou-se do velho ditado: "O inferno está cheio de boas intenções". Ele não tinha dúvidas de que Percy incluiria o provérbio em seu próximo sermão.

Com um suspiro, o reverendo bebeu seu copo de vinho do Porto. Suas refeições passaram a ser solitárias, apenas Freddy lhe fazia companhia. Ele as fazia em seu escritório desde que Agnes se recusara a lhe dirigir a palavra, depois do ataque de nervos que tivera três dias atrás. A esposa estava muito irritada e ia para a cama apenas com seus sais como companhia.

O restante da casa estava andando na ponta dos pés e falando em sussurros. Era como se alguém tivesse virado a casa de ponta-cabeça e, pela segunda vez em seu longo e ocasionalmente não tão ilustre intervalo nesta espiral mortal, o reverendo Shackleford estava realmente perplexo.

Até o momento, ele não havia recebido nenhuma notícia do duque de Blackmore e nenhuma indicação de que a notícia das indiscrições de sua filha havia chegado aos ouvidos de seu genro. O que o duque pensaria das atividades reconhecidamente imprudentes do reverendo era algo no qual ele não queria nem pensar.

O reverendo Shackleford não tinha ilusões de que o maldito tratante que havia se aproveitado do fato de ele estar um pouco bêbado não tivesse se apressado em ir a Londres para espalhar a fofoca para todos. Era apenas uma questão de tempo até que tudo fosse revelado. Suspirando, o reverendo colocou a cabeça entre as mãos. Na verdade, ele estava caindo de bêbado, isso sim. De alguma forma, ele tinha que bolar um plano para restaurar a futura honra de seu filho e, mais urgentemente ainda, dado o fato de que Anthony tinha apenas cinco anos, garantir que sua filha mais velha não fosse condenada a viver em um celeiro, levando junto todo o restante da família.

Graça enfim cochilou um pouco durante a madrugada, mas logo foi acordada com o som do canto de um galo pouco antes do amanhecer. Ela ficou deitada até que Dorcas apareceu com uma xícara de chocolate cerca de meia hora depois. Acenando com a cabeça em agradecimento à criada de rosto solene, ela se apoiou nos travesseiros, determinada a não se deixar apressar. Afinal, era improvável que o marido fosse embora sem ela. Quando Dorcas finalmente apareceu com uma bacia de água quente, ela saiu da cama com relutância. Pretendia usar o mesmo vestido do dia anterior, mas, com uma pontada inesperada de teimosia, mudou de ideia, escolhendo um vestido verde-esmeralda de seu novo guarda-roupa que realçava a cor de seus olhos.

Sentando-se à penteadeira, permitiu que Dorcas escovasse e penteasse seu cabelo. Se fosse para ser expulsa de casa, então a última visão que o marido teria dela não seria a da mulher cabisbaixa e lamentável de ontem. Seu coração poderia estar partido, mas ainda tinha seu orgulho. *Que foi o que a colocou nessa posição, para início de conversa*, não pôde deixar de pensar. Não importa. Ela não queria que o marido se lembrasse dela pálida feito um travesseiro. Determinada, esforçou-se para sorrir para Dorcas no espelho enquanto a criada dava os últimos retoques em seu penteado, o que, infelizmente, fez com que Dorcas começasse a chorar. Graça levantou-se rápido e entregou um lenço para a criada aflita. *Um desavisado pensaria que eu estava indo para a forca*, foi o pensamento que lhe ocorreu. Felizmente, uma batida na porta pôs um fim rápido ao drama e, enxugando os olhos, Dorcas foi até a porta.

Bailey estava do lado de fora, arfando um pouco por causa da escada.

— Vossa Senhoria, Sua Senhoria está perguntando se tem alguma bagagem.

— Mas é claro que tenho — respondeu Graça, um pouco irritada com o fato de o duque esperar que ela viajasse sem bagagem. — Hei de deixá-la em meu quarto para ser recolhida.

— Se for do seu agrado, eu a levarei para baixo, Vossa Graça — disse Bailey, entrando no quarto.

— De jeito nenhum. — A resposta de Graça foi um pouco mais brusca do que ela pretendia, mas ela não tinha a intenção de ver o mordomo idoso sofrer um ataque por ter de se esforçar para descer as escadas com sua bagagem pesada. Suavizando suas próximas palavras, ela continuou: — Por favor, peça para um dos lacaios cuidar disso. Tenho certeza de que meu marido não se importará em esperar mais alguns instantes.

Com isso, Graça pegou sua bolsa e as luvas e passou por ele em direção as escadas. Ela cambaleou um pouco ao ver o duque esperando com uma expressão séria no andar de baixo, mas felizmente conseguiu descer até o saguão sem cair diretamente em seus braços. *Será que ele se daria ao trabalho de me pegar?* Não pôde deixar de se perguntar com tristeza.

Finalmente, diante do marido, ela ergueu a cabeça antes de dizer com a voz mais firme que conseguiu:

— Estarei pronta para partir depois de tomar o café da manhã, Vossa Graça. — Ela pensou tê-lo visto estremecer um pouco quando o chamou pelo título, mas ele apenas assentiu com a cabeça, então se virou e seguiu em direção ao seu escritório.

— Peça para a carruagem vir em quinze minutos — ele gritou para Bailey que acabava de chegar ao pé da escada.

Lutando para conter as lágrimas, Graça entrou na sala de jantar e se sentou pela última vez na ponta da mesa. Já havia chorado feito um bezerro desmamado, bastava daquilo. Estava determinada a ir embora com a cabeça erguida. Ela não tinha ideia da origem daquela súbita onda de coragem, mas, acontecesse o que fosse no futuro, ela não se envergonharia ainda mais aos olhos dos criados, especialmente porque era improvável que ela voltasse a ver qualquer um deles.

Já em relação ao marido, Graça temia não ter volta agora.

Nicholas foi até sua mesa e serviu-se de uma dose generosa de conhaque. Ainda era cedo, mas ele não tinha certeza de que sobreviveria às próximas horas sem ficar um pouco bêbado. Engolindo o líquido escuro de uma só vez, rapidamente serviu-se de outro. Ele não conseguia tirar da cabeça a imagem da descida majestosa feita por sua esposa. Não podia deixar de admirar a coragem dela. Já não era mais a infeliz chorona de ontem. Hoje ela parecia uma duquesa. Sua duquesa.

A primeira mulher por quem ele se apaixonou. Ele podia admitir isso para si mesmo agora. Agora que era tarde, tarde demais.

Virando-se, Nicholas ergueu seu copo para o único retrato remanescente do pai, escondido no canto do escritório.

— Não tenho dúvidas de que está exultante, meu velho — ele murmurou com amargura. — Bem, você certamente riu por último. Estou preso em um casamento com uma mulher que me abomina.

Ele saboreou o ardor em sua garganta antes de servir um terceiro copo.

— Ainda assim, talvez você não esteja vendo tanta graça — continuou ele, caindo desanimado em sua cadeira. — Afinal de contas, sabe bem como é isso, não é, pai?

Capítulo 19

Dessa vez, Malcolm os acompanhou no percurso, para tristeza de Graça, que se deu conta de que Nicholas não queria que ficassem a sós. Na verdade, em sua pressa de se livrar dela, o duque decidiu que voltariam para Blackmore sem passar a noite em uma hospedaria, o que exigia uma troca de cavalos no meio do caminho.

A única vez que ela teve permissão para descer da carruagem durante a viagem foi para fazer suas necessidades e para uma refeição rápida. Graça não sabia se ficava aliviada ou se lamentava ter de jantar sozinha, mas algo lhe dizia que não teria conseguido comer nada se tivesse de ver o rosto carrancudo do marido durante a refeição. E ela supunha que Nicholas preferiria comer com Malcolm.

Seu marido mal abriu a boca durante todo o trajeto. Graça tentou conversar com ele brevemente quando Malcolm estava supervisionando a viagem da primeira equipe de cavalos, depois que os animais tiveram tempo suficiente para descansar. Ele a ouviu em um silêncio gélido e então disse categoricamente que, se ela dissesse mais uma palavra, seria deixada para trás junto com os cavalos. Graça suspeitava que talvez ele estivesse fingindo um pouco no início da viagem, mas ficou mais do que aliviada quando ele finalmente adormeceu durante a madrugada.

Apesar do cansaço, Graça não conseguiu impedir que sua mente ficasse repetindo os eventos dos últimos dias. Isso não lhe trouxe nada de bom, mas, mesmo assim, impediu que ela encontrasse alívio no sono e, quando a carruagem finalmente entrou em Devonshire, seu corpo todo estava dolorido a tal ponto que ela não conseguia deixar de se perguntar se algum dia seria capaz de andar outra vez. Ao olhar para o rosto tenso do marido, ela sentiu uma simpatia involuntária, imaginando a dor que ele estava sentindo por causa dos ferimentos.

— Tente não se aborrecer muito, moça — Malcolm murmurou depois de olhar para o corpo adormecido de seu mestre. Surpresa, Graça olhou para o valete. Era a primeira vez que o escocês falava com ela desde que deixaram Londres. — Eu teria falado com você antes, mas o Laird proibiu. — Malcolm apontou a cabeça para Nicholas, que continuava em um sono agitado.

— Ele está sofrendo muito agora, mas acredito que acabará deixando isso para lá. Ele é teimoso, mas não é tão cabeça de bagre assim. — Malcolm deu uma leve risada. — O fato de que ele teve de tomar quase uma garrafa inteira de conhaque para entrar na carruagem com você é uma prova do que está dentro de seu coração. Espere que o tempo há de ajeitar tudo, moça, espere e verá.

Graça mordeu o lábio diante da gentileza dele e estava prestes a responder quando Nicholas abriu os olhos. Por um segundo, desorientado, ele a encarou sonolento, e ela respirou fundo ao ver o desejo adormecido em seus olhos.

Mas pôde ver o exato momento em que os eventos dos últimos dias voltaram à mente dele e seus belos olhos ficaram enuviados, então ele se afastou e se apressou em endireitar a postura.

— Estamos a cerca de cinco quilômetros da propriedade, Vossa Senhoria — comentou Malcolm de forma branda. — Levaremos Vossa Senhoria para o chalé agora ou ela passará a noite na casa?

Nicholas franziu a testa e balançou a cabeça:

— Seguiremos para o chalé Pear Tree Cottage. Dei instruções para que a casa fosse arejada e uma cama fosse arrumada. — Ele olhou para Graça, claramente relutante em se comunicar diretamente com ela. — Tenho certeza de que ficará mais do que confortável, madame — ele disse, ríspido. — O chalé é pequeno, mas ouso dizer que tem mais espaço do que você estava acostumada antes de nos casarmos.

O rosto de Graça ficou vermelho e ela apertou as mãos contra o assento para não gritar em protesto. Aparentando calma, ela apenas inclinou um pouco a cabeça para sinalizar que o ouviu e se virou para olhar pela janela.

O amanhecer não estava longe e as conhecidas colinas ondulantes de Devonshire só agora começavam a recuperar sua cor após o preto e o cinza da noite.

Para Graça, quanto antes a viagem terminasse, melhor.

O reverendo Shackleford finalmente recebeu uma carta do duque de Blackmore. Ela era curta, direta e sem rodeios. O duque de fato havia deixado Graça de lado. Ela moraria em um chalé na propriedade, e seu genro deixou bem claro que não desejava ver a esposa ou qualquer membro da família dela. Sua Graça também determinou que, enquanto ele estivesse em casa, os cultos semanais seriam realizados na capela particular de Blackmore, pois ele não frequentaria mais a igreja; e as cerimônias para ele seriam realizadas pelo coadjutor.

Quando deixou a carta de lado, o reverendo se sentiu um pouco tonto. A situação era de fato desastrosa. Ao colocar a cabeça entre as mãos, Augusto Shackleford se permitiu um momento de desânimo, e então respirou fundo e se reergueu com determinação. Pelo menos sua filha mais velha continuaria a ter um teto de verdade e parecia que ele continuaria em seu cargo, ao menos por ora. Agnes ficaria feliz por não estarem todos prestes a serem enxotados de Blackmore. O reverendo suspirou. Não podia negar que feliz talvez fosse um exagero, mas ao menos havia uma possibilidade remota de que sua esposa pudesse voltar a falar com ele.

No entanto, Augusto Shackleford tinha de admitir que era sua responsabilidade resolver todo esse problema terrível e estava relativamente confiante de que isso não estava além de sua capacidade. De fato, pode-se alegar que a engenhosidade era sua maior habilidade; afinal de contas, era sua responsabilidade garantir que a caixa de coleta da igreja estivesse aceitavelmente cheia todos os domingos.

E, caso ele não conseguisse pensar em um plano adequado, poderia sempre pedir a Percy...

Contrário aos temores de Graça, o chalé Pear Tree era adorável. Se sua situação não fosse tão delicada, teria se encantado com a charmosa casa de tijolos vermelhos. No andar de baixo, havia uma cozinha, uma sala de jantar e uma sala de estar, enquanto no andar de cima havia três quartos e até um pequeno banheiro. Não era muito prático, pois o tempo que ela levaria para aquecer água suficiente para encher a banheira e carregá-la pelas escadas estreitas provavelmente a deixaria fria até que entrasse nela. Dito isso, os cômodos do resto da casa eram pequenos, mas, ainda assim, claros e arejados e, o melhor de tudo, havia um encantador jardim murado com uma enorme macieira, sob a qual ela gostava de se sentar quando o tempo permitia.

O chalé era limpo e a roupa de cama trocada uma vez por semana. O jardim era bem cuidado e ela recebia alimentos suficientes para garantir que não passaria fome, desde que soubesse cozinhá-los. Essa habilidade, Graça devia à sra. Higgins e às muitas horas que passara na cozinha de Blackmore. Graça optou por viver sem criados. Seu marido a havia informado de forma grosseira que não se importava com o número de criados que ela escolhesse empregar. Talvez, no futuro, ela aceitasse pela companhia, mas, no momento, preferia ficar a sós.

O outono chegou e passou sem nenhuma notícia do duque. Ela havia escrito para o pai e para as irmãs, mas se absteve de recebê-los para que Nicholas não descobrisse e acrescentasse ainda mais este peso à sua suposta traição. Ela sentia muita falta das irmãs, principalmente de Temperança, que era a mais próxima dela em idade.

No entanto, a ausência delas não era nada comparada à saudade que sentia do marido. O anseio por Nicholas era uma dor persistente no fundo do estômago que a acompanhava desde o momento em que se levantava pela manhã até o momento em que finalmente caía em um sono exausto durante a madrugada. Sua mente a repreendia incessantemente por sua imprudência até que ela sentisse vontade de gritar. No entanto, o pior dia chegou em uma manhã tempestuosa de outubro, quando ela acordou e descobriu o início de sua menstruação.

Nenhum filho resultaria da união deles.

Ela permaneceu em sua cama durante todo o dia, permitindo que as lágrimas caíssem, lamentando o que poderia ter sido e o que ela nunca experimentaria agora. Chorou até sentir que seu coração estava prestes a se partir e, finalmente, dormiu.

Para sua surpresa, no dia seguinte ela se sentiu um pouco melhor. Levantando-se logo após o amanhecer, ela olhou para as colinas distantes envoltas na névoa da manhã, com os vislumbres do mar entre elas, e sentiu o primeiro leve alento em seu coração. Graça se lembrou dos muitos dias maravilhosos que havia passado com suas irmãs nas praias no sul de Devonshire.

O pai delas pedia ao rapaz que cuidava do estábulo que as levasse na charrete puxada pelo único cavalo que tinham. Lúcifer era quase um potro ainda naquela época. Sorrindo, ela se lembrou da explicação do reverendo para o nome do cavalo:

— É provável que nunca tenha havido um animal tão bonito nesta terra, nem tão mal-humorado. Foi sua mãe que lhe deu o nome depois que ele a mordeu pela terceira vez enquanto ainda era um potrinho.

Graça balançou a cabeça. Era de se admirar que todos eles tivessem crescido tão indisciplinados? Ela não conseguia se lembrar de um acompanhante que fosse com eles em nenhum de seus passeios. Na verdade, ela nunca teve as características de uma duquesa, independentemente do que seu pai esperasse dela.

Vestindo-se rapidamente no frio da manhã, ela desceu as escadas para acender a lareira. Uma grande pilha de gravetos secos havia sido deixada na pilha de lenha, o suficiente para durar o inverno inteiro se ela fosse cuidadosa. Mas ela supunha que sempre poderia pedir mais se precisasse. Independentemente do que Nicholas pensava sobre ela, Graça não achava que ele a deixaria morrer de frio.

De fato, a única coisa que lhe faltava era material de leitura. Ela ainda estava com os dois livros que pegara emprestado da biblioteca de Blackmore antes de sua malfadada visita a Londres, os quais pretendia devolver assim que os lesse, mas até agora não tivera vontade de ler. Talvez hoje fosse um bom dia para voltar ao seu passatempo favorito, desde que ela conseguisse se concentrar por tempo suficiente.

Determinada, Graça preparou uma xícara de chocolate quente e se aconchegou na grande poltrona perto da lareira. Duas horas depois, ela ainda estava na página seis. Suspirando, ela finalmente largou o livro. O material de leitura claramente não era a única coisa de que ela sentia falta. Sua mente simplesmente não conseguia se concentrar nas páginas à sua frente.

De repente, ela ouviu latidos. Parecia ser Freddy. Ela correu até a janela. Para seu espanto, viu a pequena carruagem de seu pai puxada por ninguém menos que o próprio Lúcifer. Freddy estava dançando em volta do cavalo, que tentava chutar o cachorro irritante, mas era impedido pelo arreio.

Graça nunca imaginou que um dia sentiria tanto prazer em ver seu pai exasperado. Ela se apressou em abrir a porta e logo foi surpreendida por Freddy, que também estava feliz em vê-la.

— Pare, menino, pare, criatura do inferno — disse o reverendo, descendo com dificuldade da charrete. Como de costume, Freddy não deu a mínima atenção ao seu mestre e continuou a dançar alegremente ao redor de Graça.

— O que faz aqui, papai? — perguntou Graça quando o cachorro enfim saiu correndo para seguir o rastro de um cheiro interessante.

— Queria ver como estava — respondeu ele, inclinando-se para receber o beijo atencioso de Graça. — E parece que cheguei em boa hora — continuou ele, ao ver o rosto cansado dela. — Parece que qualquer ventinho a derrubaria — ele murmurou, passando por ela para entrar no chalé. — Tem comido, menina?

— Estou muito bem, pai. Obrigada — respondeu Graça, firme, seguindo-o até a cozinha. — E sim, tenho tudo de que preciso, como o senhor pode ver.

O reverendo se virou para olhá-la e ela ficou surpresa ao ver a profunda preocupação em seus olhos. Nunca lhe ocorreu que seu pai tinha qualquer consideração por ela. Na verdade, ele nunca passou de alguém a ser evitado durante sua infância.

— Posso lhe oferecer um chá, pai? — ela ofereceu hesitante, sem saber como lidar com esse pai subitamente atencioso. Embora ela suspeitasse que pelo menos parte da preocupação dele se devia ao fato de que suas ações poderiam muito bem ter contribuído para a desgraça dela, mas, ainda assim, Graça se sentiu amada. — Por favor, fique à vontade em frente à lareira.

Meia hora mais tarde, a conversa fiada finalmente se esgotara. O único barulho era o crepitar do fogo na lareira e o ronco alto de Freddy, que se deitou o mais próximo possível do calor. Eles haviam abordado todos os assuntos possíveis, exceto a enrascada em que estavam, e agora o silêncio reinava.

— Bem, não faz sentido evitar para sempre mencionar que graças às suas estripulias agora você está comendo o pão que o diabo amassou. — Graça deu um leve pulo com o anúncio repentino e alto do reverendo, mas antes que ela tivesse coragem de responder, o pai continuou com a voz estrondosa que geralmente reservava para repreender seus paroquianos: — Não há como negar que saiu por aí desenfreada, minha menina, e não é de se surpreender que acabou por ser motivo de chacota.

Graça abriu a boca, mas não tinha ideia do que dizer. As palavras do pai podem ter sido duras, mas ainda assim eram verdadeiras. Contudo, o fato de ele ter convenientemente omitido sua participação não a surpreendeu nem um pouco. No entanto, as palavras seguintes dele a deixaram pasma:

— Embora tenha que ser dito que você está em maus lençóis, Graça, para que você não se engane. No entanto, é minha responsabilidade, como seu pai, corrigir a situação.

"Pode até ter amarrado sua cinta-liga em público, mocinha, mas pode ter certeza de que farei tudo o que puder para garantir que você não fique nessa casinha apertada até o fim de sua vida.
— Graça apenas olhou para o pai, perplexa, até que ele finalmente suspirou com raiva e continuou em um tom muito mais suave:
— Você foi realmente tão cabeça de vento a ponto de querer se livrar do seu marido ou estava apenas brincando? Em outras palavras, quer ou não quer ficar presa a esse seu duque?"

Nicholas Sinclair sentia como se não dormisse há semanas. Para ser mais preciso, desde o dia em que descobriu que sua esposa o estivera enganando.

Ele nunca teve nenhum amor verdadeiro por Blackmore desde que deixou a propriedade aos quinze anos, mas conseguiu se convencer de que poderia transformar o mausoléu em um lar cheio de conversas e risadas de crianças. Na verdade, ele conseguia identificar o momento exato em que isso se tornara seu sonho. Foi no segundo em que Graça caiu em seus braços antes do baile do marquês de Blanchford.

Seu sonho havia nascido e morrido naquela mesma noite, e ele mal conseguia dormir desde então.

Os pesadelos continuaram a atormentá-lo, e Nicholas temia que perderia a cabeça se continuasse dessa forma por muito mais tempo. *Enlouqueceria ou se tornaria um bêbado,* ele pensou com tristeza enquanto se servia de outro conhaque. Nicholas tinha plena consciência de que estava bebendo demais, mas era a única coisa que proporcionava algum alívio para o tormento que enfrentava todas as noites.

A única coisa, além da presença da esposa. O duque apertou a mão em volta do copo e fechou os olhos. Todo o seu ser ansiava pela suavidade do toque de Graça. Sentia falta de tudo nela, inclusive do quanto era atrapalhada. Sem poder controlar, ele se lembrou de sua risada alta, de sua completa falta de decoro.

E de seus beijos. Meu Deus, ele não conseguia tirar da cabeça a sensação dos lábios dela nos seus. Ela respondera com tanta doçura ao seu toque, entregando-se totalmente a ele sem nenhuma reserva.

Será que ela realmente desejava se livrar dele?

Engolindo o conhaque, ele lembrou amargamente que nunca saberia toda a verdade. Não havia motivo para que eles voltassem a se ver, não agora que ele havia recebido a notícia de que o amor deles não havia dado frutos. Sua esposa não estava grávida.

Capítulo 20

O reverendo Shackleford não costumava ter tanta dificuldade para localizar seu coadjutor, mas era preciso dizer que Percy vinha ficando cada vez mais ausente ultimamente. O reverendo esperava que o motivo de seu velho amigo nunca mais estar por lá não fosse o fato de ele ter ficado com ideias de grandiosidade, tendo em vista que ele havia sido encarregado de realizar o culto privado semanal do duque de Blackmore. De fato, era isso que o reverendo queria discutir com ele.

Augusto Shackleford havia elaborado um plano excepcional para juntar a filha com o marido e tinha certeza de que Percy ficaria tão animado quanto ele depois de ouvir os detalhes.

Por fim, porém, depois de procurar em todos os lugares, resolveu dar a Freddy um par de roupas íntimas de Percy para cheirar com instruções para encontrá-lo. Quarenta minutos e dois pares de roupas íntimas depois, o cão de caça finalmente localizou o vigário errante no Red Lion. Não era algo que Percy costumava fazer, até onde o reverendo sabia, nunca havia entrado em seu bar favorito sem que seu superior o guiasse. Augusto Shackleford estava muito preocupado. Primeiro o cilício e agora o homem estava se voltando para a bebida.

O que diabos poderia o estar incomodando? Embora ambos fossem servos fiéis da Igreja Anglicana, como um homem sensível do clero, o reverendo poderia muito bem ouvir uma confissão, caso isso fizesse seu amigo de longa data se sentir melhor.

Mas tinha outras coisas para lidar primeiro. Determinado, o reverendo Shackleford correu para o interior escuro do Red Lion, com Freddy atrás dele, ansioso para compartilhar suas excelentes notícias.

Dizer que o reverendo ficou surpreso com a falta de entusiasmo de Percy em relação ao seu plano seria o mesmo que dizer que o clima no inferno pode ser um pouco quente. Foram necessárias três canecas de cerveja e algumas palavras severas para que o coadjutor finalmente concordasse em ajudá-lo, embora sua aversão à coisa toda fosse evidente em sua recusa abrupta de uma segunda porção do pudim de pão e manteiga da sra. Tomlinson. Já em seu terceiro prato, o reverendo não pôde deixar de lamentar os dias em que Percy simplesmente seguia seu exemplo sem questionar.

Ainda assim, na tarde do domingo seguinte, eles se encontraram no escritório da paróquia, enquanto o restante da família estava deitada após um assado de domingo particularmente farto. O reverendo havia até escrito seu próprio sermão para o culto daquela manhã e, assim, conseguiu sair da igreja voando.

— O que diabos devo fazer com isso? — perguntou o reverendo, segurando um espartilho de Agnes.

— Creio que deva ficar em volta da cintura e ser amarrado atrás, senhor — respondeu Percy. Ele franziu a testa antes de continuar: — Tenho informações de fontes confiáveis de que vai na cintura de uma mulher, mas somente se conseguirmos fazer com que caibam no senhor. O que não tenho certeza se será possível nesta ocasião. — O alívio na voz do coadjutor fez com que o reverendo se voltasse para ele com olhos estreitos.

— Mas que disparate, homem. Agnes não é lá um diamante em sua primeira temporada, e há muito tempo que ela não consegue ver suas calçolas em pé, portanto, vamos parar de inventar histórias.

Percy estremeceu com a descrição que o reverendo fez de sua esposa, mas se absteve de observar que Augusto Shackleford também não era lá grandes coisas. Suspirando, o coadjutor deu um passo à frente e, pegando o espartilho, segurou-o perto do chão para que o reverendo entrasse nele. Seguiu-se uma luta de magnitude gigantesca, enquanto ofegavam e arfavam em seus esforços para puxá-lo para cima até que ficasse em volta da cintura do reverendo.

— Raios, terei sorte se conseguir respirar nessa coisa maldita. Como diabos Agnes consegue andar? — O reverendo tentou dar dois passos para a frente. — Se tiver de usá-lo por muito tempo, vou ficar com a cintura fininha para sempre.

— Temos que apertá-la ainda mais, senhor.

A expressão de Percy ao segurar as fitas era surpreendentemente alegre, mas antes que o reverendo pudesse questionar o inesperado bom humor de seu coadjutor, ficou completamente sem fôlego quando Percy puxou com força e, na opinião do reverendo, com um pouco de avidez demais.

— Chega — ele sibilou —, tenho certeza de que não terei dificuldade em colocar o vestido agora.

No entanto, por mais que tentasse, foi impossível fechar as fitas na parte de trás do vestido, de modo que o reverendo teve que se contentar em cobri-lo com um xale. O chapéu, para o seu azar, no entanto, fez com que ele se parecesse com uma meretriz bêbada, mas, conforme mencionou o reverendo:

— Só precisamos do disfarce até chegarmos à capela, então o duque me ouvirá.

O reverendo abriu um pouco a porta e olhou para o saguão. Para a sua sorte, o caminho estava livre. Voltou para a sala e disse a Freddy "fica" em um sussurro firme. O rabo do cão abanou um pouco, mas ele obedientemente voltou a se deitar perto da lareira.

Dez minutos depois, o reverendo chegou sem percalços ao local combinado para o encontro, onde esperou impacientemente, atrás de uma cerca viva, que Percy trouxesse a carroça. Ele teria preferido ir de charrete, mas estava ciente de que qualquer alteração na rotina habitual do coadjutor poderia muito bem entregá-los.

A próxima meia hora seria de suma importância para a futura felicidade de sua filha.

Também decidiria se ele teria ou não outra oportunidade de comer um excelente assado de domingo, como aquele que havia comido há apenas duas horas...

Nicholas Sinclair esperava impaciente na capela da família Blackmore, tendo apenas Malcolm como companhia. Assim que o culto terminasse, ele partiria para sua propriedade na Escócia. Disse a si mesmo que era hora de colocar sua propriedade mais ao norte em ordem. Sua sede escocesa ficava às margens de Loch Long, e a casa precisava muito de reparos. A intenção de Nicholas era fazer ele mesmo grande parte do trabalho sempre que possível, principalmente porque temia que essa fosse a única maneira de conseguir dormir um pouco. Para a sua sorte, as cercanias eram selvagens demais para que alguém da alta sociedade tivesse a chance de vê-lo vestido como um trabalhador comum.

Quando olhou para o relógio de bolso, Nicholas franziu a testa. O coadjutor estava atrasado. Nesse ritmo, sua carruagem não sairia de Blackmore antes do anoitecer. Ele estava prestes a cancelar o culto quando houve um pequeno tumulto na entrada da capela. Percy Noon, parecendo mais nervoso do que o duque jamais o vira, correu em direção ao pequeno púlpito, enquanto atrás dele se arrastava um indivíduo de aparência asquerosa. A única indicação de que a criatura era do sexo feminino era o fato de estar usando uma saia e um chapéu. Na verdade, parecia uma meretriz, como as que costumavam frequentar as docas de Londres.

Com uma careta, o duque deu um passo à frente, parando a mulher antes que ela chegasse até o altar, que parecia ser o seu destino. Atrás dele, o coadjutor iniciava o culto com a confissão geral dos pecados que, sabe-se lá o porquê, ele estava gritando a plenos pulmões.

Fazendo o possível para abafar os gritos atrás dele, o duque tentou se dirigir à mulher. No mesmo momento, o coadjutor chegou a um crescendo com um "amém" de estourar os ouvidos.

— quieto — gritou Nicholas, perdendo a paciência. Fez-se um silêncio repentino. — O que diabos está acontecendo aqui? — o duque gritou, olhando entre o coadjutor e a estranha criatura que estava diante dele. A meretriz ergueu a mão e Nicholas instintivamente deu um passo para trás, desconfiado de suas intenções, exatamente quando um turbilhão de pelos entrou na capela, colidindo contra a mulher e derrubando-a bem em seus braços. Com um grunhido, Nicholas caiu para trás, terminando no chão com a mulher peculiar em cima dele. Atordoados por um segundo, eles permaneceram imóveis, olhando um para o outro sem dizer nada.

— senta, freddy — gritou a meretriz de repente.

— Mas que diabos...? — Nicholas disse, observando incrédulo enquanto a mulher tirava o chapéu.

Então o duque se viu encarando os olhos inquietos do reverendo de Blackmore. Sem se mover, ele apenas ergueu as sobrancelhas em uma pergunta silenciosa.

— Vossa Senhoria, vim pedir sua indulgência para com minha filha.

Depois de finalmente conseguirem se desvencilhar, o reverendo e Percy foram instruídos, sem cerimônia, a esperar na sala de estar até que o duque achasse conveniente atendê-los. O pai de Graça ficou bastante animado com o fato de que seu genro não os havia simplesmente colocado para fora a pontapés. Percy, por outro lado, parecia que estava prestes a ter um ataque dos nervos. O reverendo Shackleford olhou irritado para seu coadjutor. Ficou claro que teria de dar a Percy algumas dicas em relação a como se comportar quando estivesse com os homens mais elegantes da Inglaterra.

É claro que o reverendo não se lembrava de sua própria falta de decoro ao sentar-se na sala de visitas do duque de Blackmore vestido como uma cortesã.

Freddy, é claro, estava completamente despreocupado quanto ao caos para o qual havia contribuído e agora estava se aquecendo alegremente perto da lareira.

Meia hora depois, o duque entrou, seu rosto furioso. Qualquer confiança que o reverendo pudesse ter tido foi pelos ares ao ver o olhar assassino nos olhos de Sua Graça. Sem falar uma só palavra, Nicholas Sinclair se aproximou e serviu-se de uma porção generosa de conhaque, e só então se voltou para eles.

— Vocês têm exatamente dois minutos para se explicar.

O tom de voz do duque era gélido, o que fez com que Percy deixasse escapar um pequeno gemido involuntário. Ignorando seu coadjutor cabeça de vento, o reverendo tossiu:

— Vossa Senhoria — ele começou cautelosamente.

— Um minuto e trinta segundos — interrompeu o duque.

Apressadamente, o reverendo deixou de lado toda a cautela:

— Vossa Senhoria, não tenho dúvidas de que minha filha está ciente da desgraça que trouxe ao seu nome, mas foi tudo um grande mal-entendido...

— Então está me dizendo que minha esposa não fez as coisas de que foi acusada?

— É... bem, não, não exatamente...

— Então, por favor, me esclareça por que exatamente ela decidiu pular de um fardo de feno, apesar de ser uma duquesa do reino?

— Bem, ocorre que...

— E por que exatamente, se tudo foi, como você insiste, um mal-entendido — o duque interrompeu friamente —, o senhor pensou em sequestrar a própria filha para evitar que mais *mal-entendidos* fossem depositados à minha porta?

O reverendo abriu a boca, mas não saiu nada. Pela primeira vez na vida, ele estava sem palavras. Todos os seus argumentos cuidadosamente elaborados simplesmente viraram pó.

— Ela presumiu que o senhor não a amava — Percy disse de repente, acrescentando "Vossa Graça" quando os dois homens se viraram para olhar para ele.

O duque se absteve de falar, apenas erguendo as sobrancelhas ameaçadoramente, mas, de alguma forma, Percy encontrou coragem para continuar:

— Sua esposa o ama, Vossa Graça — gaguejou ele, com um olhar desesperado para o reverendo que, em silêncio, olhava para seu coadjutor boquiaberto. Engolindo em seco, o pequeno homem continuou explicando-se um pouco antes de ir direto ao ponto: — E-ela não suportava viver em um casamento sem amor, Vossa Graça. Ela temia que o senhor recorresse a uma amante para... satisfazer vossas necessidades...

O reverendo piscou os olhos antes de interromper com veemência:

— Espere um instante, Percy, minha filha nunca diria uma coi...

— Ela não suportaria ficar ao seu lado sem que o coração de Vossa Graça estivesse envolvido. — O discurso apaixonado de Percy ficou mais alto, e o reverendo se acalmou, mal reconhecendo o homem ao seu lado para quem olhava com espanto.

— Vossa Senhoria... senhor... por favor, eu lhe imploro... dê outra chance à Graça — o coadjutor implorou fervorosamente. — Ela está realmente infeliz sem o senhor... assim como tenho certeza de que o senhor está sem ela.

Augusto Shackleford fechou os olhos, horrorizado com as últimas palavras de Percy. Era isso; eles estavam acabados. Mantendo os olhos fechados com determinação, o reverendo esperou com a respiração suspensa seu fim iminente, até não conseguir mais aguentar o silêncio prolongado.

Ao abrir os olhos, a primeira coisa que viu foi o rosto pálido de Percy, rígido em uma incredulidade chocada por sua própria presunção. Com o coração batendo forte, ele relutantemente voltou sua atenção para o duque, ainda sinistramente silencioso, temendo a ira de Sua Graça diante da impertinência do coadjutor.

Para sua perplexidade, a expressão no rosto de Nicholas Sinclair estava longe de ser furiosa. Em vez disso, o duque parecia pensativo, como se tivesse realmente ouvido o apelo apaixonado de Percy, e sua postura quase parecia ter relaxado um pouco.

Considerando tudo isso, o reverendo achou que poderia estar tendo alucinações.

O fato é que Augusto Shackleford estava acabado e agora não queria nada mais do que ir para a cama, mas temia se mexer e reacender a ira do duque de Blackmore.

Os três homens permaneceram imóveis. Apenas o ronco suave de Freddy permeava o silêncio. Depois do que pareceu uma eternidade, o duque bebeu o resto de seu conhaque e chamou o mordomo. Enquanto esperavam, Sua Graça olhou para os dois com uma irritação cansada, mas sua raiva anterior parecia ter se dissipado. Quando Huntley finalmente abriu a porta, Nicholas deu ordens ao mordomo idoso para que acompanhasse os dois visitantes até a saída e que trouxesse o cavalo dele para a frente da casa.

Capítulo 21

Após a promessa fervorosa do pai de que consertaria as coisas, Graça não parava de acordar suando frio preocupada com o que ele faria. Depois de várias noites em claro, decidiu que a única coisa a fazer era resolver o problema pessoalmente, antes que o reverendo aproveitasse a oportunidade para piorar consideravelmente a situação. Ela não tinha a menor ideia do que ele pretendia fazer, mas como sua última solução incluía um sequestro, tinha plena convicção de que precisava interromper qualquer ação que ele e Percy estivessem planejando.

A raiva estava finalmente substituindo a mágoa, e ela decidiu ignorar a pequena voz que a advertia quanto às terríveis consequências da última vez que isso aconteceu. Quaisquer que fossem os erros que ela tivesse cometido, Nicholas tivera sua contribuição neles. E, além disso, ela era esposa dele, maldição. Quer ele quisesse ou não, ela era a duquesa de Blackmore e, embora a alta sociedade pudesse considerá-la para sempre uma nova rica provinciana sem educação, ela merecia, no entanto, mais consideração do que seu marido estava lhe dando no momento.

Ela permanecera isolada em seu chalé por quase três meses, esperando, torcendo, *rezando* para que Nicholas finalmente concordasse em falar com ela. Bem, bastava. Estava cansada de bancar a vítima.

Já que o marido se recusava a vir até ela, ela iria até o marido.

E permaneceria ao lado dele, gostasse ele ou não.

Determinada, ela arrumou seus pertences e, depois de arrastá-los escada abaixo, deixou-os na cozinha para serem recolhidos. Em seguida, envolvendo-se em sua capa mais quente, calçou as botas e começou a caminhar. Se conseguisse manter um ritmo rápido, chegaria a Blackmore antes do anoitecer.

Nicholas não montava em um cavalo desde a morte de seu irmão. No entanto, depois de enfim ter conseguido despachar o que ele não tinha dúvidas de que eram os dois piores encarregados atualmente empregados pela Igreja Anglicana, viu-se tomado por um desespero em ver a esposa. Contra todas as probabilidades, os apelos fervorosos do coadjutor tinham finalmente conseguido ultrapassar suas defesas.

De súbito, só conseguia pensar em quanto fora um tolo teimoso. Ele não se importava mais com o que Graça pretendia ou não. A única coisa que importava era tê-la em seus braços.

Nicholas percebeu que não era como seu pai, que jamais perdoava ou esquecia um erro. Após a dor avassaladora da morte de Peter e da traição do pai, ele pensou em viver sua vida sem a proximidade de outro ser humano. Primeiro seu filho e depois sua esposa lhe mostraram o quanto esse caminho era absurdo. Para o bem ou para o mal, ele a amava. Não desejava passar o resto de sua vida amargurado e solitário.

Por Deus, só agora ele percebeu o quanto estava perto de se tornar seu pai.

De alguma forma, ele convenceria Graça a voltar para Blackmore com ele e lhe dar a oportunidade de passar o resto de sua vida mostrando a ela o quanto a amava. Com Graça ao seu lado, ele acreditava que conseguiria finalmente se libertar dos terrores noturnos que o atormentavam.

Foi por isso que ele se viu galopando pelo campo irregular em seu velho cavalo Delilah. Por mais incrível que aquilo parecia, a sensação era de que ele havia montado a égua há apenas alguns dias, e ele não podia negar que isso era inesperadamente glorioso. Dentro de vinte minutos, ele chegou à casa de Graça. O pequeno chalé estava em completa escuridão, apesar da luz fraca do início da noite. Franzindo a testa, ele desmontou rápido e amarrou o cavalo no portão. Com um medo crescente, Nicholas subiu o caminho até a porta da frente, que se abriu imediatamente, aumentando ainda mais sua preocupação. Após uma leve hesitação, ele entrou, chamando o nome de Graça. Levou apenas alguns segundos para perceber que o chalé estava vazio. E, logo em seguida, descobriu que sua esposa levara todos os seus pertences.

Ele chegou tarde demais. Graça tinha ido embora.

Graça tinha certeza de que não tinha sido tão longe da última vez que caminhou até Blackmore na esperança de ver o marido. Dessa vez, ela sentia como se estivesse caminhando há horas, o que ficou ainda pior depois de descobrir, não depois de muito tempo, que as botas da moda não eram feitas para suportar os rigores do campo no inverno. Com uma careta, ela se lembrou de que a última vez que havia percorrido esse caminho tinha sido em um dia seco e ensolarado. Agora, o crepúsculo estava caindo muito mais rápido do que ela havia previsto e, de repente, todos os caminhos pareciam iguais, com a luz fraca. Engolindo em seco, ela olhou ao redor, controlando-se para não entrar em pânico. Estava em Devonshire, pelo amor de Deus. Ela conhecia essa terra como a palma de sua mão e já havia se perdido nela mais vezes do que podia contar; e sempre acabava sendo encontrada por seu pai ou Percy.

Uma súbita sensação de pavor a paralisou quando percebeu de repente que, nesse caso, ninguém daria falta dela. Poderia levar dias até que alguém descobrisse que ela havia deixado o chalé. Tomada por uma fraqueza repentina, Graça se sentou em uma grande rocha. Essa paisagem e, consequentemente, seus perigos não lhe eram estanhos. Embora, em geral, fosse bastante agradável, o clima era conhecido por causar estragos aos incautos. Se não conseguisse encontrar o caminho e a temperatura caísse mais do que alguns graus, poderia morrer congelada.

Sua mente começou a visualizar as várias maneiras pelas quais ela poderia sucumbir a uma morte prematura, cada imagem mais horrível que a anterior. Estava se lembrando da lenda local do Velho Nick galopando pela escuridão, com a intenção de esmagar viajantes descuidados com seu corcel preto como carvão, quando, de repente, ouviu o som de cascos. Ela se levantou, mas não teve tempo de correr, apenas encarou o animal que se aproximava enorme na escuridão.

— Graça! — gritou uma voz rouca que, para sua imaginação agora desenfreada, soou como o uivo de forças demoníacas. Imóvel, Graça observou impotente enquanto o corcel avançava sobre ela, evitando por pouco pisoteá-la no chão ao se erguer e se afastar no último segundo.

O cavalo ficou parado, soprando e balançando a cabeça enquanto o cavaleiro desmontava rapidamente e caminhava em direção a ela.

Infelizmente, antes que Nicholas tivesse a oportunidade de perguntar se ela havia se machucado, Graça murmurou algo sobre justiça infernal e desmaiou a seus pés.

Graça acordou em uma cama desconhecida. Piscando, ela se ergueu nos cotovelos e olhou em volta. Os móveis eram masculinos, assim como a figura reclinada que roncava suavemente na cadeira ao lado da cama. Com o coração na boca, Graça reconheceu a forma alta do marido. Recostando-se nos travesseiros, tentou se lembrar do que acontecera para acabar no que ela não tinha dúvidas de que era a cama do duque de Blackmore.

Quando olhou de volta para Nicholas, seu coração falhou ao ver que ele estava acordado e olhando para ela. Engolindo em seco com nervosismo, ela fez um esforço para se sentar, percebendo tardiamente que estava vestida apenas com uma camisola. Levantando-se rápido, o marido foi para o lado dela, mas, por algum motivo, parou antes de tocá-la. Olhando-o inquisitiva, Graça percebeu que ele estava esperando sua permissão. Timidamente, ela pegou o braço oferecido por ele e permitiu que ele a ajudasse. Quando ele finalmente arrumou os travesseiros atrás dela de forma satisfatória, sentou-se na beira da cama e lhe dirigiu um olhar triste. Graça sentiu seu coração disparar com a expressão que viu ali. Ele estava finalmente olhando para ela com todo o amor e o desejo com que ela sonhava. Lutando contra as lágrimas, ela levantou a mão e tocou o rosto dele com delicadeza, maravilhada com sua beleza masculina.

— Perdoe-me — ele murmurou roucamente.

— Não há nada a perdoar — sussurrou ela, lutando contra as lágrimas. — Eu te amo, Nicholas.

Em resposta, ele gemeu e puxou o corpo dela, que se entregou de bom grado aos seus braços, sua boca mergulhando faminta na dela. Com um soluço de alegria sufocado, Graça retribuiu o beijo, deleitando-se com a sensação dos lábios dele intensos nos dela. Envolvendo os braços ao redor do pescoço dele, se pressionou contra Nicholas, sentindo-o estremecer em resposta quando ele a puxou para mais perto de si, juntando seu corpo desejoso ao dele.

— Céus, como senti sua falta — ele sussurrou com a voz rouca nos lábios dela antes de aprofundar o beijo.

A sensação deliciosa de tê-la em seus braços, sentir os lábios dela colados nos seus, era uma alegria quase insuportável para Nicholas. Finalmente, ele abriu o coração e permitiu que a última de suas resistências se derretesse nos braços da mulher que era tudo para ele.

— Cure-me, Graça — sussurrou ele com dificuldade quando finalmente separou sua boca da dela. — Sem você eu não consigo.

— Conseguiremos juntos, meu amor — murmurou ela, encostando a cabeça no peito dele, suas lágrimas de alegria e alívio logo encharcando a suntuosa roupa de cama.

Fechando os olhos, Nicholas encostou gentilmente a cabeça contra a da esposa, finalmente permitindo-se admitir o que ele sabia, quase desde o momento em que a esposa vomitou no dia do casamento; e recostando-se, ele inclinou o rosto dela para o seu e a olhou com uma ternura tão imensa que chegava a doer.

— Eu te amo, Graça — ele disse baixinho com um suspiro. — Deus, como eu amo você. Podemos começar tudo de novo? Aceita ser minha esposa, minha parceira, minha duquesa?

— Bem, Percy, creio que temos tempo para uma tacinha comemorativa antes de irmos à recepção em Blackmore. Estivemos em maus lençóis, meu amigo, mas parece que tudo acabou bem. Foi, sem dúvida, um plano de ação elaborado com engenhosidade e executado meticulosamente no momento certo. Além de com muita bravura.

O reverendo Shackleford estava ocupado demais se parabenizando para ver a incerteza no rosto de seu coadjutor. Estavam no escritório da paróquia esperando que o restante da família Shackleford se preparasse para a primeira recepção em Blackmore desde que Nicholas Sinclair herdara a propriedade.

Servindo a ambos uma dose generosa de conhaque, o reverendo continuou:

— Na verdade, me parece que a coisa toda seria descrita como heroica se caísse nos ouvidos de outras pessoas. — Entregando uma taça a Percy, o reverendo franziu um pouco a testa e assumiu um ar pensativo. — Talvez devesse tentar escrever um livro.

O coadjutor cuspiu seu conhaque, olhando para seu superior horrorizado:

— É claro que sua contribuição não será esquecida na narrativa, Percy — continuou o reverendo, ainda imerso em seus pensamentos, então fez uma pequena pausa. — Ou talvez fosse melhor transformá-la em uma peça, como William Shakespeare costumava fazer. O que acha?

Percy abriu a boca para responder, mas a única coisa que conseguiu dizer foi um pequeno "É...". E acabou servindo-se de outro conhaque.

— Calma, Percy — advertiu o reverendo. — Não fique bêbado antes de participar de sua primeira recepção, nós dois já vimos em primeira mão as consequências de um comportamento desregrado.

"De fato, é preciso ser dito que você tem demonstrado uma propensão preocupante para o comportamento desregrado nas últimas semanas, Percy, um homem em sua posição deve estar atento para não se deixar levar aos caminhos que levam ao inferno."
— Ele acenou com a cabeça com um ar de sagacidade depois de dar esse conselho, apontando para baixo para enfatizar. Percy, que não tinha a menor ideia do que ele queria dizer com *propensão preocupante,* apenas assumiu um ar de religiosidade pensativa e tomou outro gole de seu conhaque.

O silêncio se prolongou quando ficou evidente que o reverendo ainda estava aguardando a opinião do coadjutor a respeito de suas aspirações literárias.

— Mas e quanto às demais? — Percy acabou questionando, claramente tentando se agarrar a qualquer outra coisa.

Reverendo Shackleford franziu a testa ponderando por um segundo. A preocupação de Percy, sem dúvida, era válida. De fato, havia um longo caminho a percorrer antes que ele pudesse ter certeza de que seu filho seria aceito nas melhores salas de visitas da Inglaterra.

— Deus seja louvado, Percy — ele finalmente afirmou de forma decisiva. — Está coberto de razão. Não é hora de dormir sobre os louros e ser frívolo. Ainda tenho mais sete filhas para casar. Talvez eu guarde um relato tão inspirador para minha biografia...

Epílogo

Nicholas estava na janela de seu escritório vendo a esposa brincar na neve. Brincar — eis uma palavra que há apenas doze meses não passa pela sua cabeça que um dia diria.

Na verdade, pensar sobre isso despertaria o pior lado dele. Um capitão naval de boa índole nunca estava disponível para brincadeiras. Tampouco um duque teimoso e mal-humorado, que poderia muito bem ter apenas trinta e quatro anos, mas em termos de disposição parecia ser muito mais velho.

Porém, quando se tinha a sorte extraordinária de ter uma esposa que gostava de brincar, bem, só havia uma direção que um homem poderia tomar. Mesmo aquele que já passara por tanta coisa que temia nunca mais sorrir.

Apenas uma mulher singular poderia ultrapassar os muros com os quais ele havia se cercado. Cercado não, se *enterrado*, e, mesmo agora, seu coração se apertava por ter estado tão perto de perdê-la. A única pessoa que realmente lhe mostrara que a vida valia a pena.

Agira feito um canalha e não havia como mudar isso. A verdade é que ele estava morrendo de medo. Como isso soava ridículo agora, enquanto ele observava a esposa enfiando neve no casaco de seu irmão. Como ele poderia ter tido medo de uma mulher que não tinha qualquer malícia, nem segundas intenções, e que apenas tentava lidar da melhor forma possível com a situação que lhe fora imposta?

Ele deu uma risada triste. Era preciso dizer que ela acabara em desvantagem.

Mas ela o amara mesmo assim. E, o que era ainda mais surpreendente, ela ainda o amava.

Mas talvez não tanto quanto ele a amava.

Nicholas Sinclair estava cansado de se preocupar com coisas que não podiam ser mudadas. Estava farto de se lamentar, farto de se odiar. Ele aprendera a lição. Os pesadelos talvez nunca parassem de vez, mas agora eram repletos de medo de perder sua Graça.

Quando a felicidade batia à porta, a única coisa sensata a fazer era abri-la e agarrá-la de corpo e alma. Nicholas quase perdeu sua chance. Mas não cometeria esse erro de novo. *Nunca* mais. Ele a seguraria com toda a sua força.

E aproveitaria cada maldito minuto maravilhoso.

Ao colocar o casaco, o duque de Blackmore abriu as portas duplas e saiu para jogar algumas bolas de neve.

Como é de se esperar, o reverendo acabará atrapalhando o curso de um amor verdadeiro quando voltar em *Temperança: livro dois das irmãs Shackleford*.

Nota da autora

O contexto da Batalha de Trafalgar

As Guerras Napoleônicas (1803-1815) foram uma continuação das Guerras Revolucionárias Francesas (1792-1802) e, juntas, culminaram em 23 anos de conflito quase ininterrupto na Europa.

Em 1801, Napoleão Bonaparte havia conquistado uma supremacia incontestável em toda a Europa continental. Em 1802, a Paz de Amiens, uma trégua temporária das hostilidades entre a Grã-Bretanha e a França, foi interrompida e, por quase dois anos, a estratégia britânica foi de ficar na defensiva, esperando que a marinha francesa desse o primeiro passo. No final de 1804, no entanto, a Espanha entrou na guerra como aliada da França, dando a Napoleão os navios de que ele precisava para desafiar e potencialmente invadir a Grã-Bretanha.

Esse foi o contexto de Trafalgar. Napoleão almejava uma oportunidade de atacar a Grã-Bretanha sem ter que lutar contra o almirante Nelson e a Marinha Real, enquanto todas as suas tentativas de atacar os interesses britânicos eram frustradas por marinheiros experientes que impediam todos os seus movimentos.

A Batalha de Trafalgar ocorreu em 21 de outubro de 1805 e, embora as Guerras Napoleônicas tenham continuado por mais dez anos (concluídas apenas com a Batalha de Waterloo em 1815), o sucesso da Grã-Bretanha em Trafalgar foi de grande importância estratégica.

Ao vencer a batalha, a Marinha Real do Reino Unido aniquilou a maior ameaça à segurança britânica em duzentos anos e garantiu o controle britânico dos oceanos, a base de seu poder global por mais de um século.

E, por fim, a Batalha de Trafalgar culminou tanto na derrota dos planos de Napoleão Bonaparte de invadir a Grã-Bretanha quanto na morte do herói nacional do país, o almirante Lorde Nelson. Nunca foi uma batalha comum, e logo foi permeada de uma aura quase mágica que perdura até hoje.

Transtorno de estresse pós-traumático

Graça é ambientado em uma época antes de o Transtorno de Estresse Pós-Traumático receber um nome.

No entanto, não tenho dúvidas de que ele era tão real naquela época quanto é agora e, tendo em vista os eventos do início da história, queria deixar claro a possibilidade de Nicholas Sinclair estar sofrendo os efeitos do TEPT.

LEIA TAMBÉM:

SCARLETT SCOTT

O Duque Implacável

CONFRARIA DOS CANALHAS • LIVRO 1

*Um romance
repleto de mistérios e desejos.*

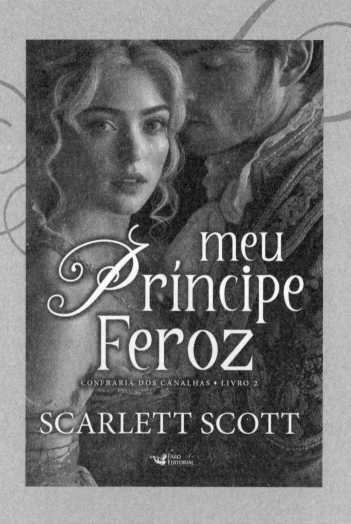

Ela levantou muros de gelo
para ser intocável.
Ele precisou apenas de uma faísca
para conquistá-la.

ASSINE NOSSA NEWSLETTER E RECEBA
INFORMAÇÕES DE TODOS OS LANÇAMENTOS

www.faroeditorial.com.br

CAMPANHA

Há um grande número de pessoas vivendo com HIV e hepatites virais que não se trata. Gratuito e sigiloso, fazer o teste de HIV e hepatite é mais rápido do que ler um livro.
FAÇA O TESTE. NÃO FIQUE NA DÚVIDA!

ESTE LIVRO FOI IMPRESSO PELA

GRÁFICA HROSA

EM FEVEREIRO DE 2025